mot de passe... 🗝

Edgar Allan Poe

Le Scarabée d'or
et autres histoires

Traduction de Charles Baudelaire

© Hachette / Deux Coqs d'Or, 1994, pour la présente édition.

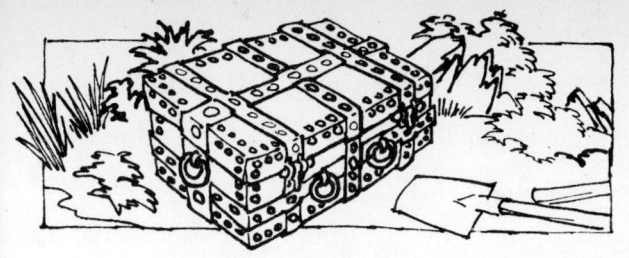

Le Scarabée d'or

> Oh! oh! qu'est-ce que cela ? Ce garçon
> a une folie dans les jambes ! Il a été
> mordu par la tarentule.
>
> *(Tout de travers.)*

Il y a quelques années, je me liai intimement avec un M. William Legrand. Il était d'une ancienne famille protestante, et jadis il avait été riche ; mais une série de malheurs l'avait réduit à la misère. Pour éviter l'humiliation de ses désastres, il quitta la Nouvelle-Orléans, la ville de ses aïeux, et établit sa demeure dans l'île de Sullivan, près Charleston, dans la Caroline du Sud.

Cette île est des plus singulières. Elle

n'est guère composée que de sable de mer et a environ trois milles de long. En largeur, elle n'a jamais plus d'un quart de mille. Elle est séparée du continent par une crique à peine visible, qui filtre à travers une masse de roseaux et de vase, rendez-vous habituel des poules d'eau. La végétation, comme on peut le supposer, est pauvre ou, pour ainsi dire, naine. On n'y trouve pas d'arbres d'une certaine dimension. Vers l'extrémité occidentale, à l'endroit où s'élèvent le fort Moultrie et quelques misérables bâtisses de bois habitées pendant l'été par les gens qui fuient les poussières et les fièvres de Charleston, on rencontre, il est vrai, le palmier nain sétigère ; mais toute l'île, à l'exception de ce point occidental et d'un espace triste et blanchâtre qui borde la mer, est couverte d'épaisses broussailles de myrte odoriférant, si estimé par les horticulteurs anglais. L'arbuste y monte souvent à une hauteur de quinze ou vingt pieds ; il y forme un taillis presque impénétrable et charge l'atmosphère de ses parfums.

Au plus profond de ce taillis, non loin de l'extrémité orientale de l'île, c'est-à-dire de la plus éloignée, Legrand s'était bâti lui-même une petite hutte, qu'il occupait quand, pour la première fois et par hasard, je fis sa connaissance. Cette connaissance mûrit bien vite en amitié, car il y avait, certes, dans le cher reclus de quoi exciter l'intérêt et l'estime. Je vis qu'il avait reçu une forte éducation, heureusement servie par des facultés spirituelles peu communes, mais qu'il était infecté de misanthropie et sujet à de malheureuses alternatives d'enthousiasme et de mélancolie. Bien qu'il eût chez lui beaucoup de livres, il s'en servait rarement. Ses principaux amusements consistaient à chasser et à pêcher, ou à flâner sur la plage et à travers les myrtes, en quête de coquillages et d'échantillons entomologiques ; – sa collection aurait pu faire envie à un Swammerdam. Dans ces excursions, il était ordinairement accompagné par un vieux nègre nommé Jupiter, qui avait été affranchi avant les revers de la famille, mais qu'on n'avait pu décider, ni par menaces ni par promesses, à abandonner son jeune *massa Will* ; il considérait comme son droit de le suivre partout. Il n'est pas improbable que les parents de Legrand, jugeant que celui-ci avait la tête un peu dérangée, se soient appliqués à confirmer Jupiter dans son obstination, dans le but de mettre une espèce de gardien et de surveillant auprès du fugitif.

Sous la latitude de l'île de Sullivan, les hivers sont rarement rigoureux, et c'est un événement quand, au déclin de l'année, le feu devient indispensable. Cependant, vers le milieu d'octobre 18..., il y eut une journée d'un froid remarquable. Juste avant le coucher du soleil, je me frayais un chemin à travers les taillis vers la hutte de mon ami, que je n'avais pas vu depuis quelques semaines ; je demeurais alors à Charleston, à une distance de neuf milles de l'île, et les facilités pour aller et revenir étaient bien moins grandes qu'aujourd'hui. En arrivant à la hutte, je frappai selon mon habitude, et, ne recevant pas de réponse, je cherchai la clef où je savais qu'elle était cachée, j'ouvris la porte et j'entrai. Un beau feu flambait dans le foyer. C'était une surprise, et, à coup sûr, une des plus agréables. Je me débarrassai de mon paletot, je traînai un fauteuil auprès des bûches pétillantes, et j'attendis patiemment l'arrivée de mes hôtes.

Peu après la tombée de la nuit, ils arrivèrent et me firent un accueil tout à fait cordial. Jupiter, tout en riant d'une oreille à l'autre, se donnait du mouvement et préparait quelques poules d'eau pour le souper. Legrand était dans une de ses *crises* d'enthousiasme ; – car de quel autre nom appeler cela ? Il avait trouvé un bivalve inconnu, formant un genre nouveau, et, mieux encore, il avait chassé et attrapé, avec l'assistance de Jupiter, un scarabée qu'il croyait tout à fait nouveau et sur lequel il désirait avoir mon opinion le lendemain matin.

« Et pourquoi pas ce soir ? » demandai-je en me frottant les mains devant la flamme, et envoyant mentalement au diable toute la race des scarabées.

« Ah! si j'avais seulement su que vous étiez ici, dit Legrand ; mais il y a si longtemps que je ne vous ai vu ! Et comment

pouvais-je deviner que vous me rendriez visite justement cette nuit ? En revenant au logis, j'ai rencontré le lieutenant G..., du fort, et très étourdiment je lui ai prêté le scarabée ; de sorte qu'il vous sera impossible de le voir avant demain matin. Restez ici cette nuit, et j'enverrai Jupiter le chercher au lever du soleil. C'est bien la plus ravissante chose de la création !

— Quoi ? Le lever du soleil ?

— Eh non ! que diable ! le scarabée. Il est d'une brillante couleur d'or, gros à peu près comme une grosse noix, avec deux taches d'un noir de jais à une extrémité du dos, et une troisième, un peu plus allongée, à l'autre. Les antennes sont...

— Il n'y a pas du tout d'étain sur lui, massa Will, je vous le parie, interrompit Jupiter ; le scarabée est un scarabée d'or, d'or massif, d'un bout à l'autre, dedans et partout, excepté les ailes ; – je n'ai jamais vu de ma vie un scarabée à moitié aussi lourd.

— C'est bien, mettons que vous ayez raison, Jup », répliqua Legrand un peu plus vivement, à ce qu'il me sembla, que ne le comportait la situation. « Est-ce une raison pour laisser brûler les poules ? La couleur de l'insecte, – et il se tourna vers moi, – suffirait en vérité à rendre plausible l'idée de Jupiter. Vous n'avez jamais vu un éclat métallique plus brillant que celui de ses élytres ; mais vous ne pourrez en juger que demain matin. En attendant, j'essayerai de vous donner une idée de sa forme. »

Tout en parlant, il s'assit à une petite table sur laquelle il y avait une plume et de l'encre, mais pas de papier. Il chercha dans un tiroir mais n'en trouva pas.

« N'importe, dit-il à la fin, cela suffira. »

Et il tira de la poche de son gilet quelque chose qui me fit l'effet d'un morceau de vieux vélin fort sale, et il fit dessus une espèce de croquis à la plume. Pendant ce temps, j'avais gardé ma place auprès du feu, car j'avais toujours très froid. Quand son dessin fut achevé, il me le passa, sans se lever. Comme je le recevais de sa main, un fort grognement se fit entendre, suivi d'un grattement à la porte. Jupiter ouvrit, et un énorme terre-neuve, appartenant à Legrand, se précipita dans la chambre, sauta sur mes épaules et m'accabla de caresses ; car je m'étais fort occupé de lui dans mes visites précédentes. Quand il eut fini ses gambades, je regardai le papier, et pour dire la vérité, je me trouvai passablement intrigué par le dessin de mon ami.

« Oui! dis-je après l'avoir contemplé quelques minutes, c'est là un étrange sca-

rabée, je le confesse ; il est nouveau pour moi ; je n'ai jamais rien vu d'approchant, à moins que ce ne soit un crâne ou une tête de mort, à qui il ressemble plus qu'aucune autre chose qu'il m'ait jamais été donné d'examiner.

— Une tête de mort ! répéta Legrand. Ah! oui, il y a un peu de cela sur le papier, je comprends. Les deux taches noires supérieures font les yeux, et la plus longue, qui est plus bas, figure une bouche, n'est-ce pas ? D'ailleurs la forme générale est ovale...

— C'est peut-être cela, dis-je ; mais je crains, Legrand, que vous ne soyez pas très artiste. J'attendrai que j'aie vu la bête elle-même, pour me faire une idée quelconque de sa physionomie.

— Fort bien ! Je ne sais comment cela se fait, dit-il, un peu piqué, je dessine assez joliment, ou du moins je le devrais, car j'ai eu de bons maîtres, et je me flatte de n'être pas tout à fait une brute.

— Mais alors, mon cher camarade, dis-je, vous plaisantez ; ceci est un crâne fort passable, je puis même dire que c'est un crâne parfait, d'après toutes les idées reçues relativement à cette partie de l'ostéologie, et votre scarabée serait le plus étrange de tous les scarabées du monde, s'il ressemblait à ceci. Nous pourrions établir là-dessus quelque petite superstition naissante. Je présume que vous nommerez votre insecte *scarabæus caput hominis,* ou quelque chose d'approchant ; il y a dans les livres d'histoire naturelle beaucoup d'appellations de ce genre. Mais où sont les antennes dont vous parliez ?

— Les antennes ! dit Legrand, qui s'échauffait inexplicablement ; vous devez voir les antennes, j'en suis sûr. Je les ai faites aussi distinctes qu'elles le sont dans l'original, et je présume que cela est bien suffisant.

— A la bonne heure, dis-je ; mettons que vous les ayez faites ; toujours est-il vrai que je ne les vois pas. »

Et je lui tendis le papier, sans ajouter aucune remarque, ne voulant pas le pousser à bout ; mais j'étais fort étonné de la tournure que l'affaire avait prise ; sa mauvaise humeur m'intriguait, et, quant au croquis de l'insecte, il n'y avait positivement pas d'antennes visibles, et l'ensemble ressemblait, à s'y méprendre, à l'image ordinaire d'une tête de mort.

Il reprit son papier d'un air maussade, et il était au moment de le froisser, sans doute pour le jeter dans le feu, quand, son regard étant tombé par hasard sur le dessin, toute son attention y parut enchaînée. En un instant, son visage devint d'un rouge intense, puis excessivement pâle. Pendant quelques minutes, sans bouger de sa place, il continua à examiner minutieusement le dessin. A la longue, il se leva, prit une chandelle sur la table, et alla s'asseoir sur un coffre, à l'autre extrémité de la chambre. Là, il recommença à examiner curieusement le papier, le tournant dans tous les sens. Néanmoins, il ne dit rien, et sa conduite me causait un étonnement extrême ; mais je jugeai prudent de n'exaspérer par aucun commentaire sa mauvaise humeur croissante. Enfin, il tira de la poche de son habit un portefeuille, y serra soigneusement le papier, et déposa le tout dans un pupitre qu'il ferma à clef. Il revint dès lors à des allures plus calmes, mais son premier enthousiasme avait totalement disparu. Il avait l'air plutôt concentré que boudeur. A mesure que la soirée s'avançait, il s'absorbait de plus en plus dans sa rêverie, et aucune de mes saillies ne put l'en arracher. Primitivement, j'avais eu l'intention de passer la nuit dans la cabane, comme j'avais déjà fait plus d'une fois ; mais, en voyant l'humeur de mon hôte, je jugeai plus convenable de prendre congé. Il ne fit aucun effort pour me retenir ; mais, quand je partis, il me serra la main avec une cordialité encore plus vive que de coutume.

Un mois environ après cette aventure, – et durant cet intervalle je n'avais pas entendu parler de Legrand, – je reçus à Charleston une visite de son serviteur Jupiter. Je n'avais jamais vu le bon vieux nègre si complètement abattu, et je fus pris de la crainte qu'il ne fût arrivé à mon ami quelque sérieux malheur.

« Eh bien, Jup, dis-je, quoi de neuf ? Comment va ton maître ?

— Dame ! pour dire la vérité, massa, il ne va pas aussi bien qu'il devrait.

— Pas bien ! vraiment je suis navré d'apprendre cela. Mais de quoi se plaint-il ?

— Ah ! voilà la question ! Il ne se plaint jamais de rien, mais il est tout de même bien malade.

— Bien malade, Jupiter ! Eh ! que ne disais-tu cela tout de suite ? Est-il au lit ?

— Non, non, il n'est pas au lit ! Il n'est bien nulle part ; voilà justement où le soulier me blesse ; j'ai l'esprit très inquiet au sujet du pauvre massa Will.

— Jupiter, je voudrais bien comprendre quelque chose à tout ce que tu me racontes là. Tu dis que ton maître est malade. Ne t'a-t-il pas dit de quoi il souffre ?

— Oh! massa, c'est bien inutile de se creuser la tête. Massa Will dit qu'il n'a absolument rien ; mais, alors, pourquoi donc s'en va-t-il, deçà et delà, tout pensif, les regards sur son chemin, la tête basse, les épaules voûtées, et pâle comme une oie ? Et pourquoi donc fait-il toujours et toujours des chiffres ?

— Il fait quoi, Jupiter ?

— Il fait des chiffres avec des signes sur une ardoise, les signes les plus bizarres que j'aie jamais vus. Je commence à avoir peur, tout de même. Il faut que j'aie toujours un œil braqué sur lui, rien que sur lui. L'autre jour, il m'a échappé avant le lever du soleil, et il a décampé pour toute la sainte journée. J'avais coupé un bon bâton exprès pour lui administrer une correction de tous les diables quand il reviendrait, mais je suis si bête, que je n'en ai pas eu le courage ; il a l'air si malheureux !

— Ah ! vraiment ! Eh bien, après tout, je crois que tu as mieux fait d'être indulgent pour le pauvre garçon. Il ne faut pas lui donner le fouet, Jupiter ; il n'est peut-être pas en état de le supporter. Mais ne peux-tu pas te faire une idée de ce qui a occasionné cette maladie, ou plutôt ce changement de conduite ? Lui est-il arrivé quelque chose de fâcheux depuis que je vous ai vus ?

— Non, massa, il n'est rien arrivé de fâcheux *depuis* lors, *mais avant* cela, oui, j'en ai peur — c'était le jour même que vous étiez là-bas.

— Comment ? que veux-tu dire ?

— Eh ! massa, je veux parler du scarabée, voilà tout.

— Du quoi ?

— Du scarabée... Je suis sûr que massa Will a été mordu quelque part à la tête par ce scarabée d'or.

— Et quelle raison as-tu, Jupiter, pour faire une pareille supposition ?

— Il a bien assez de pinces pour cela, massa, et une bouche aussi. Je n'ai jamais vu un scarabée aussi endiablé ; il attrape et mord tout ce qui l'approche. Massa Will l'avait d'abord attrapé, mais il l'a bien vite lâché, je vous assure ; c'est alors, sans doute, qu'il a été mordu. La mine de ce scarabée et sa bouche ne me plaisaient guère, certes ; aussi je ne voulus pas le prendre avec mes doigts ; mais je pris un morceau de papier, et j'empoignai le scarabée dans le papier ; je l'enveloppai donc dans le papier, avec un petit morceau de papier dans la bouche ; voilà comment je m'y pris.

— Et tu penses donc que ton maître a été réellement mordu par le scarabée, et que cette morsure l'a rendu malade ?

— Je ne pense rien du tout, je le sais. Pourquoi donc rêve-t-il toujours d'or, si ce n'est parce qu'il a été mordu par le scarabée d'or ? J'en ai déjà entendu parler, de ces scarabées d'or.

— Mais comment sais-tu qu'il rêve d'or ?

— Comment je le sais ? parce qu'il en parle, même en dormant ; voilà comment je le sais.

— Au fait, Jupiter, tu as peut-être raison ; mais à quelle bienheureuse circonstance dois-je l'honneur de ta visite aujourd'hui ?

— Que voulez-vous dire, massa ?

— M'apportes-tu un message de M. Legrand ?

— Non, massa, je vous apporte une lettre que voici. »

Et Jupiter me tendit un papier où je lus :

Mon cher,

Pourquoi donc ne vous ai-je pas vu depuis si longtemps ? J'espère que vous n'avez pas été assez enfant pour vous formaliser d'une petite brusquerie de ma part ; mais non, cela est par trop improbable.

Depuis que je vous ai vu, j'ai eu un grand sujet d'inquiétude. J'ai quelque chose à vous dire, mais à peine sais-je comment vous le dire. Sais-je même si je vous le dirai ?

Je n'ai pas été tout à fait bien depuis quelques jours, et le pauvre vieux Jupiter m'ennuie insupportablement par toutes ses bonnes intentions et attentions. Le croiriez-vous ? Il avait, l'autre jour, préparé un gros bâton à l'effet de me châtier, pour lui avoir échappé et avoir passé la journée, seul, au milieu des collines, sur le continent. Je crois vraiment que ma mauvaise mine m'a seule sauvé de la bastonnade.

Je n'ai rien ajouté à ma collection depuis que nous nous sommes vus.

Revenez avec Jupiter si vous le pouvez sans trop d'inconvénients. Venez, venez. *Je désire vous voir ce soir pour affaire grave. Je vous assure que c'est de* la plus haute importance.

Votre tout dévoué,
 WILLIAM LEGRAND.

Il y avait dans le ton de cette lettre quelque chose qui me causa une forte inquiétude. Ce style différait absolument du style habituel de Legrand. A quoi diable rêvait-il ? Quelle nouvelle lubie avait pris possession de sa trop excitable cervelle ? Quelle affaire de *si haute importance* pouvait-il avoir à accomplir ? Le rapport de Jupiter ne présageait rien de bon ; je tremblais que la pression continue de l'infortune n'eût, à la longue, singulièrement dérangé la raison de mon ami. Sans hésiter un instant, je me préparai donc à accompagner le nègre.

En arrivant au quai, je remarquai une faux et trois bêches, toutes également neuves, qui gisaient au fond du bateau dans lequel nous allions nous embarquer.

« Qu'est-ce que tout cela signifie, Jupiter ? demandai-je.

— Ça, c'est une faux, massa, et des bêches.

— Je le vois bien ; mais qu'est-ce que tout cela fait ici ?

— Massa Will m'a dit d'acheter pour lui cette faux et ces bêches à la ville, et je les ai payées bien cher ; cela nous coûte un argent de tous les diables.

— Mais au nom de tout ce qu'il y a de mystérieux, qu'est-ce que ton massa Will a à faire de faux et de bêches ?

—Vous m'en demandez plus que je ne sais ; lui-même, massa, n'en sait pas davantage ; le diable m'emporte si je n'en suis pas convaincu. Mais tout cela vient du scarabée. »

Voyant que je ne pouvais tirer aucun éclaircissement de Jupiter dont tout l'entendement paraissait absorbé par le scarabée, je descendis dans le bateau et je déployai la voile. Une belle et forte brise nous poussa bien vite dans la petite anse au nord du fort Moultrie, et, après une promenade de deux milles environ, nous arrivâmes à la hutte. Il était à peu près trois heures de l'après-midi. Legrand nous attendait avec une vive impatience. Il me serra la main avec un empressement nerveux qui m'alarma et renforça mes soupçons naissants. Son visage était d'une pâleur spectrale, et ses yeux, naturellement fort enfoncés, brillaient d'un éclat surnaturel. Après quelques questions relatives à sa santé, je lui demandai, ne trouvant rien de mieux à dire, si le lieutenant G... lui avait enfin rendu son scarabée.

« Oh ! oui, répliqua-t-il en rougissant beaucoup ; je le lui ai repris le lendemain matin. Pour rien au monde je ne me séparerais de ce scarabée. Savez-vous bien que Jupiter a tout à fait raison à son égard ?

— En quoi ? demandai-je avec un triste pressentiment dans le cœur.

— En supposant que c'est un scarabée d'or véritable. »

Il dit cela avec un sérieux profond, qui me fit indiciblement mal.

« Ce scarabée est destiné à faire ma fortune, continua-t-il avec un sourire de triomphe, à me réintégrer dans mes possessions de famille. Est-il donc étonnant que je le tienne en si haut prix ? Puisque la

Fortune a jugé bon de me l'octroyer, je n'ai qu'à en user convenablement, et j'arriverai jusqu'à l'or dont il est l'indice. Jupiter, apporte-le-moi.

— Quoi ? le scarabée, massa ? J'aime mieux n'avoir rien à démêler avec le scarabée ; vous saurez bien le prendre vous-même. »

Là-dessus, Legrand se leva avec un air grave et imposant, et alla me chercher l'insecte sous un globe de verre où il était déposé. C'était un superbe scarabée, inconnu à cette époque aux naturalistes, et qui devait avoir un grand prix au point de vue scientifique. Il portait à l'une des extrémités du dos deux taches noires et rondes, et à l'autre une tache de forme allongée. Les élytres étaient excessivement dures et luisantes et avaient positivement l'aspect de l'or bruni. L'insecte était remarquable-

ment lourd, et, tout bien considéré, je ne pouvais pas trop blâmer Jupiter de son opinion ; mais que Legrand s'entendît avec lui sur ce sujet, voilà ce qu'il m'était impossible de comprendre, et, quand il se serait agi de ma vie, je n'aurais pas trouvé le mot de l'énigme.

« Je vous ai envoyé chercher », dit-il d'un ton magnifique, quand j'eus achevé d'examiner l'insecte. « Je vous ai envoyé chercher pour vous demander conseil et assistance dans l'accomplissement des vues de la Destinée et du scarabée…

— Mon cher Legrand, m'écriai-je en l'interrompant, vous n'êtes certainement pas bien, et vous feriez beaucoup mieux de prendre quelques précautions. Vous allez vous mettre au lit, et je resterai auprès de vous quelques jours, jusqu'à ce que vous soyez rétabli. Vous avez la fièvre, et…

— Tâtez mon pouls », dit-il.

Je le tâtai, et, pour dire la vérité, je ne trouvai pas le plus léger symptôme de fièvre.

« Mais vous pourriez bien être malade sans avoir la fièvre. Permettez-moi, pour cette fois seulement, de faire le médecin avec vous. Avant toute chose, allez vous mettre au lit. Ensuite...

— Vous vous trompez, interrompit-il ; je suis aussi bien que je puis espérer de l'être dans l'état d'excitation que j'endure. Si réellement vous voulez me voir tout à fait bien, vous soulagerez cette excitation.

— Et que faut-il faire pour cela ?

— C'est très facile. Jupiter et moi, nous partons pour une expédition dans les collines, sur le continent, et nous avons besoin de l'aide d'une personne en qui nous puissions absolument nous fier. Vous êtes cette personne unique. Que notre entreprise échoue ou réussisse, l'excitation que vous voyez en moi maintenant sera également apaisée.

— J'ai le vif désir de vous servir en toute chose, répliquai-je ; mais prétendez-vous dire que cet infernal scarabée ait quelque rapport avec votre expédition dans les collines?

— Oui, certes.

— Alors, Legrand, il m'est impossible de coopérer à une entreprise aussi parfaitement absurde.

— J'en suis fâché, très fâché, car il nous faudra tenter l'affaire à nous seuls.

— A vous seuls ! – Ah ! le malheureux est fou, à coup sûr ! – Mais voyons, combien de temps durera votre absence ?

— Probablement toute la nuit. Nous allons partir immédiatement, et, dans tous les cas, nous serons de retour au lever du soleil.

— Et vous me promettez, sur votre honneur, que ce caprice passé, et l'affaire du scarabée – bon Dieu ! – vidée à votre satisfaction, vous rentrerez au logis, et que vous y suivrez exactement mes prescriptions, comme celles de votre médecin ?

— Oui, je vous le promets ; et maintenant partons, car nous n'avons pas de temps à perdre. »

J'accompagnai mon ami, le cœur gros. A quatre heures, nous nous mîmes en route, Legrand, Jupiter, le chien et moi. Jupiter prit la faux et les bêches ; il insista pour s'en charger, plutôt, à ce qu'il me parut, par crainte de laisser un de ces instruments dans la main de son maître que par excès de zèle et de complaisance. Il était d'ailleurs d'une humeur de chien, et ces mots : *Damné scarabée !* furent les seuls qui lui échappèrent tout le long du voyage. J'avais, pour ma part, la charge de deux lanternes sourdes ; quant à Legrand, il s'était contenté du scarabée, qu'il portait attaché au bout d'un morceau de ficelle, et qu'il faisait tourner autour de lui, tout en marchant, avec des airs de magicien. Quand j'observais ce symptôme suprême de démence dans mon pauvre ami, je pouvais à peine retenir mes larmes. Je pensai toutefois qu'il valait mieux épouser sa fantaisie, au moins pour le moment, ou jusqu'à ce que je pusse prendre quelques mesures énergiques avec chance de succès. Cependant, j'essayais, mais fort inutilement, de le sonder relativement au but de l'expédition. Il avait réussi à me persuader de l'accompagner, et semblait désormais peu disposé à lier conversation sur un sujet d'une si maigre importance. A toutes mes questions, il ne daignait répondre que par un « Nous verrons bien ! »

Nous traversâmes dans un esquif la crique à la pointe de l'île, et, grimpant sur les terrains montueux de la rive opposée, nous nous dirigeâmes vers le nord-ouest, à travers un pays horriblement sauvage et désolé, où il était impossible de découvrir la trace d'un pied humain. Legrand suivait sa route avec décision, s'arrêtant seulement de temps en temps pour consulter certaines indications qu'il paraissait avoir laissées lui-même dans une occasion précédente.

Nous marchâmes ainsi deux heures environ et le soleil était au moment de se coucher quand nous entrâmes dans une région infiniment plus sinistre que tout ce que nous avions vu jusqu'alors. C'était une espèce de plateau au sommet d'une montagne affreusement escarpée, couverte de bois de la base au sommet, et semée d'énormes blocs de pierre qui semblaient éparpillés pêle-mêle sur le sol, et dont plusieurs se seraient infailliblement précipités dans les vallées inférieures sans le secours des arbres contre lesquels ils s'appuyaient. De profondes ravines irradiaient dans diverses directions et donnaient à la scène un caractère de solennité plus lugubre.

La plate-forme naturelle sur laquelle nous étions grimpés était si profondément encombrée de ronces, que nous vîmes bien que, sans la faux, il nous eût été impossible de nous frayer un passage. Jupiter, d'après les ordres de son maître, commença à nous éclaircir un chemin jusqu'au pied d'un tulipier gigantesque qui se dressait, en compagnie de huit ou dix chênes, sur la plate-forme, et les surpassait tous, ainsi que tous les arbres que j'avais vus jusqu'alors, par la beauté de sa forme et de son feuillage, par l'immense développement de son branchage et par la majesté générale de son aspect. Quand nous eûmes atteint cet arbre, Legrand se tourna vers Jupiter, et lui demanda s'il se croyait capable d'y grimper. Le pauvre vieux parut légèrement étourdi par cette question, et resta quelques instants sans répondre. Cependant, il s'approcha de l'énorme tronc, en fit lentement le tour et l'examina avec une attention minutieuse. Quand il eut achevé son examen, il dit simplement :

« Oui, massa ; Jup n'a pas vu d'arbre où il ne puisse grimper.

— Alors, monte ; allons, allons ! et rondement! car il fera bientôt trop noir pour voir ce que nous faisons.

— Jusqu'où faut-il monter, massa ? demanda Jupiter.

— Grimpe d'abord sur le tronc, et puis je te dirai quel chemin tu dois suivre. Ah!

un instant ! prends ce scarabée avec toi.

— Le scarabée, massa Will ! le scarabée d'or ! cria le nègre reculant de frayeur. Pourquoi donc faut-il que je porte avec moi ce scarabée sur l'arbre ? Que je sois damné si je le fais !

— Jup, si vous avez peur, vous, un grand nègre, un gros et fort nègre, de toucher à un petit insecte mort et inoffensif, eh bien, vous pouvez l'emporter avec cette ficelle ; mais, si vous ne l'emportez pas avec vous d'une manière ou d'une autre, je serai dans la cruelle nécessité de vous fendre la tête avec cette bêche.

— Mon Dieu ! qu'est-ce qu'il y a donc, massa ? dit Jup, que la honte rendait évidemment plus complaisant ; il faut toujours que vous cherchiez noise à votre vieux nègre. C'est une farce, voilà tout. Moi, avoir peur du scarabée ! je m'en soucie bien du scarabée !

Et il prit avec précaution l'extrême bout de la corde, et, maintenant l'insecte aussi loin de sa personne que les circonstances le permettaient, il se mit en devoir de grimper à l'arbre.

Dans sa jeunesse, le tulipier, ou *liriodendron tulipiferum*, le plus magnifique des forestiers américains, a un tronc singulièrement lisse et s'élève souvent à une grande hauteur, sans pousser de branches latérales ; mais quand il arrive à sa maturité, l'écorce devient rugueuse et inégale, et de petits rudiments de branches se manifestent en grand nombre sur le tronc. Aussi l'escalade, dans le cas actuel, était beaucoup plus difficile en apparence qu'en réalité. Embrassant de son mieux l'énorme cylindre avec ses bras et ses genoux, empoignant avec les mains quelques-unes des pousses, appuyant ses pieds nus sur les autres, Jupiter, après avoir failli tomber une ou deux fois, se hissa à la longue jusqu'à la première grande fourche, et sembla dès lors regarder la besogne comme virtuellement accomplie. En effet, le risque principal de l'entreprise avait disparu, bien que le brave nègre se trouvât à soixante-dix pieds du sol.

« De quel côté faut-il que j'aille maintenant, massa Will ? demanda-t-il.

— Suis toujours la plus grosse branche, celle de ce côté », dit Legrand.

Le nègre lui obéit promptement, et apparemment sans trop de peine ; il monta, monta toujours plus haut, de sorte qu'à la fin sa personne rampante et ramassée disparut dans l'épaisseur du feuillage ; il était tout à fait invisible. Alors, sa voix lointaine se fit entendre ; il criait :

« Jusqu'où faut-il monter encore ?

— A quelle hauteur es-tu ? demanda Legrand.

— Si haut, si haut, répliqua le nègre, que je peux voir le ciel à travers le sommet de l'arbre.

— Ne t'occupe pas du ciel, mais fais attention à ce que je te dis. Regarde le tronc, et compte les branches au-dessus de toi, de ce côté. Combien de branches as-tu passées ?

— Une, deux, trois, quatre, cinq ; j'ai passé cinq grosses branches, massa, de ce côté-ci.

— Alors monte encore d'une branche. »

Au bout de quelques minutes, sa voix se fit entendre de nouveau. Il annonçait qu'il avait atteint la septième branche.

« Maintenant, Jup, cria Legrand, en proie à une agitation manifeste, il faut que tu trouves le moyen de t'avancer sur cette branche aussi loin que tu pourras. Si tu vois quelque chose de singulier, tu me le diras. »

Dès lors, les quelques doutes que j'avais essayé de conserver relativement à la démence de mon pauvre ami disparurent complètement. Je ne pouvais plus ne pas le considérer comme frappé d'aliénation mentale, et je commençai à m'inquiéter sérieusement des moyens de le ramener au logis. Pendant que je méditais sur ce que j'avais de mieux à faire, la voix de Jupiter se fit entendre de nouveau.

« J'ai bien peur de m'aventurer un peu loin sur cette branche ; c'est une branche morte presque dans toute sa longueur.

— Tu dis bien que c'est une branche morte, Jupiter ? cria Legrand d'une voix tremblante d'émotion.

— Oui, massa, morte comme un vieux clou de porte, c'est une affaire faite, elle est bien morte, tout à fait sans vie.

— Au nom du ciel, que faire ? demanda

Legrand, qui semblait en proie à un vrai désespoir.

— Que faire ? dis-je, heureux de saisir l'occasion pour placer un mot raisonnable : retourner au logis et nous aller coucher. Allons, venez ! Soyez gentil, mon camarade. Il se fait tard, et puis souvenez-vous de votre promesse.

— Jupiter, criait-il, sans m'écouter le moins du monde, m'entends-tu ?

— Oui, massa Will, je vous entends parfaitement.

— Entame donc le bois avec ton couteau, et dis-moi si tu le trouves bien pourri.

— Pourri, massa, assez pourri, répliqua bientôt le nègre, mais pas aussi pourri qu'il pourrait l'être. Je pourrais m'aventurer un peu plus sur la branche, mais moi seul.

— Toi seul ! Qu'est-ce que tu veux dire ?

— Je veux parler du scarabée. Il est bien

lourd, le scarabée. Si je le lâchais d'abord, la branche porterait bien, sans casser, le poids d'un nègre tout seul.

— Infernal coquin ! cria Legrand, qui avait l'air fort soulagé, quelles sottises me chantes-tu là ? Si tu laisses tomber l'insecte, je te tords le cou. Fais-y attention, Jupiter ; tu m'entends, n'est-ce pas ?

— Oui, massa, ce n'est pas la peine de traiter comme ça un pauvre nègre.

— Eh bien, écoute-moi, maintenant ! Si tu te hasardes sur la branche aussi loin que tu pourras le faire sans danger et sans lâcher le scarabée, je te ferai cadeau d'un dollar d'argent aussitôt que tu seras descendu.

— J'y vais, massa Will, m'y voilà, répliqua lestement le nègre, je suis presque au bout.

— Au bout ! cria Legrand, très radouci.

Veux-tu dire que tu es au bout de cette branche ?

— Je suis bientôt au bout, massa. Oh! oh! oh ! Seigneur Dieu ! miséricorde ! Qu'y a-t-il sur l'arbre ?

— Eh bien, cria Legrand, au comble de la joie, qu'est-ce qu'il y a ?

— Eh ! ce n'est rien qu'un crâne ; quelqu'un a laissé sa tête sur l'arbre, et les corbeaux ont becqueté toute la viande.

— Un crâne, dis-tu ? Très bien ! Comment est-il attaché à la branche ? Qu'est-ce qui le retient ?

— Oh ! il tient bien ; mais il faut voir. Ah ! c'est une drôle de chose, sur ma parole ; il y a un gros clou dans le crâne, qui le retient à l'arbre.

— Bien ! Maintenant, Jupiter, fais exactement ce que je vais te dire ; tu m'entends ?

— Oui, massa.

— Fais bien attention ! trouve l'œil gauche du crâne.

— Oh ! oh ! voilà qui est drôle! il n'y a pas d'œil gauche du tout.

— Maudite stupidité ! Sais-tu distinguer ta main droite de ta main gauche ?

— Oui, je sais, je sais tout cela ; ma main gauche est celle avec laquelle je fends le bois.

— Sans doute, tu es gaucher ; et ton œil gauche est du même côté que ta main gauche. Maintenant, je suppose, tu peux trouver l'œil gauche du crâne, ou la place où était l'œil gauche. As-tu trouvé ? »

Il y eut ici une longue pause. Enfin, le nègre demanda :

« L'œil gauche du crâne est aussi du même côté que la main gauche du crâne ? Mais le crâne n'a pas de mains du tout ! Cela ne fait rien ! J'ai trouvé l'œil gauche, voilà l'œil gauche ! Que faut-il faire, maintenant ?

— Laisse filer le scarabée à travers, aussi loin que la ficelle peut aller ; mais prends bien garde de lâcher le bout de la corde.

— Voilà qui est fait, massa Will ; c'était chose facile de faire passer le scarabée par le trou ; tenez, voyez-le descendre. »

Pendant tout ce dialogue, la personne de Jupiter était restée invisible ; mais l'insecte qu'il laissait filer apparaissait maintenant au bout de la ficelle, et brillait comme une boule d'or brunie aux derniers rayons du soleil couchant dont quelques-uns éclairaient encore faiblement l'éminence où nous étions placés. Le scarabée en descendant émergeait des branches, et, si Jupiter l'avait laissé tomber, il serait tombé à nos pieds. Legrand prit immédiatement la faux et éclaircit un espace circulaire de trois ou quatre yards de diamètre, juste au-dessous de l'insecte, et, ayant achevé cette besogne, ordonna à Jupiter de lâcher la corde et de descendre de l'arbre.

Avec un soin scrupuleux, mon ami enfonça dans la terre une cheville, à l'endroit précis où le scarabée était tombé, et tira de sa poche un ruban à mesurer. Il l'attacha par un bout à l'endroit du tronc de l'arbre qui était le plus près de la cheville, le déroula jusqu'à la cheville, et continua ainsi à le dérouler dans la direction donnée par ces deux points — la cheville et le tronc —jusqu'à la distance de cinquante pieds. Pendant ce temps, Jupiter nettoyait les ronces avec la faux. Au point ainsi trouvé, il enfonça une seconde cheville, qu'il prit comme centre et autour duquel il décrivit grossièrement un cercle de quatre pieds de diamètre environ. Il s'empara alors d'une bêche, en donna une à Jupiter, une à moi, et nous pria de creuser aussi vivement que possible.

Pour parler franchement, je n'avais jamais eu beaucoup de goût pour un pareil amusement, et, dans le cas présent, je m'en serais bien volontiers passé ; car la nuit s'avançait, et je me sentais passablement fatigué de l'exercice que j'avais déjà pris ; mais je ne voyais aucun moyen de m'y soustraire, et je tremblais de troubler par un refus la prodigieuse sérénité de mon pauvre ami. Si j'avais pu compter sur l'aide de Jupiter, je n'aurais pas hésité à ramener par la force notre fou chez lui ; mais je connaissais trop bien le caractère du vieux nègre pour espérer son assistance, dans le cas d'une lutte personnelle avec son maître et dans n'importe quelle circonstance. Je ne doutais pas que Legrand n'eût le cerveau infecté de quelqu'une des innombrables superstitions du Sud relatives aux trésors enfouis, et que cette imagination n'eût été confirmée par la trouvaille du scarabée, ou peut-être même par l'obstination de Jupiter à soutenir que c'était un scarabée d'or véritable. Un esprit tourné à la folie pouvait bien se laisser entraîner par de pareilles suggestions, surtout quand elles s'accordaient avec ses idées favorites préconçues ; puis je me rappelais le discours du pauvre garçon relativement au scarabée, *indice de sa fortune !* Par-dessus tout, j'étais cruellement tourmenté et embarrassé ; mais enfin je résolus de faire contre mauvaise fortune bon cœur et bêcher de bonne volonté, pour convaincre mon visionnaire le plus tôt possible, par une démonstration oculaire, de l'inanité de ses rêveries.

Nous allumâmes les lanternes, et nous attaquâmes notre besogne avec un ensemble et un zèle dignes d'une cause plus rationnelle ; et, comme la lumière tombait sur nos personnes et nos outils, je ne pus m'empêcher de songer que nous composions un groupe vraiment pittoresque, et que, si quelque intrus était tombé par hasard au milieu de nous, nous lui aurions apparu comme faisant une besogne bien étrange et bien suspecte.

Nous creusâmes ferme deux heures durant. Nous parlions peu. Notre principal embarras était causé par les aboiements du chien, qui prenait un intérêt excessif à nos travaux. A la longue, il devint tellement turbulent, que nous craignîmes qu'il ne donnât l'alarme à quelques rôdeurs du voisinage – ou, plutôt, c'était la grande appréhension de Legrand –, car, pour mon compte, je me serais réjoui de toute interruption qui m'aurait permis de ramener mon vagabond à la maison. A la fin, le vacarme fut étouffé, grâce à Jupiter, qui, s'élançant hors du trou avec un air furieusement décidé, musela la gueule de l'animal avec une de ses bretelles et puis retourna à sa tâche avec un petit rire de triomphe très grave.

Les deux heures écoulées, nous avions atteint une profondeur de cinq pieds, et aucun indice de trésor ne se montrait. Nous fîmes une pause générale, et je commençai à espérer que la farce touchait à sa fin. Cependant Legrand, quoique évidemment très déconcerté, s'essuya le front d'un air pensif et reprit sa bêche. Notre trou occupait déjà toute l'étendue du cercle de quatre pieds de diamètre ; nous entamâmes légèrement cette limite, et nous creusâmes encore de deux pieds. Rien n'apparut. Mon chercheur d'or, dont j'avais sérieusement pitié, sauta enfin du trou avec le plus affreux désappointement écrit sur le visage, et se décida, lentement et comme à regret, à reprendre son habit qu'il avait ôté avant de se mettre à l'ouvrage. Pour moi, je me gardai bien de faire aucune remarque. Jupiter, à un signal de son maître, commença à rassembler les outils. Cela fait, et le chien étant démuselé, nous reprîmes notre chemin dans un profond silence.

Nous avions peut-être fait une douzaine de pas, quand Legrand, poussant un terrible juron, sauta sur Jupiter et l'empoigna au collet. Le nègre stupéfait ouvrit les yeux et la bouche dans toute leur ampleur, lâcha les bêches et tomba sur les genoux.

« Scélérat ! » criait Legrand en faisant siffler les syllabes entre ses dents. Infernal noir ! gredin de noir ! Parle, te dis-je ! Réponds-moi à l'instant, et surtout ne prévarique pas ! Quel est, quel est ton œil gauche ?

— Ah ! miséricorde, massa Will ! n'est-ce pas là, pour sûr, mon œil gauche ? » rugissait Jupiter épouvanté, plaçant sa main sur l'organe *droit* de la vision, et l'y maintenant avec l'opiniâtreté du désespoir, comme s'il eût craint que son maître ne voulût le lui arracher.

« Je m'en doutais ! Je le savais bien ! Hourra ! » vociféra Legrand, en lâchant le nègre, et en exécutant une série de gambades et de cabrioles, au grand étonnement de son domestique, qui, en se relevant, promenait, sans mot dire, ses regards de son maître à moi et de moi à son maître.

« Allons, il nous faut retourner, dit celui-ci, la partie n'est pas perdue. »

Et il reprit son chemin vers le tulipier.

« Jupiter », dit-il quand nous fûmes arrivés au pied de l'arbre. Viens ici ! Le crâne est-il cloué à la branche avec la face tournée à l'extérieur ou tournée contre la branche ?

— La face est tournée à l'extérieur, massa, de sorte que les corbeaux ont pu manger les yeux sans aucune peine.

— Bien. Alors, est-ce par cet œil-ci ou par celui-là que tu as fait couler le scarabée ? »

Et Legrand touchait alternativement les deux yeux de Jupiter.

« Par cet œil-ci, massa, par l'œil gauche, juste comme vous me l'aviez dit. »

Et c'était encore son œil droit qu'indiquait le pauvre nègre.

« Allons, allons! il nous faut recommencer. »

Alors, mon ami, dans la folie duquel je voyais maintenant, ou croyais voir certains indices de méthode, reporta la cheville qui marquait l'endroit où le scarabée était tombé, à trois pouces vers l'ouest de sa première position. Etalant de nouveau son cordeau du point le plus rapproché du tronc jusqu'à la cheville, comme il avait déjà fait, et continuant à l'étendre en ligne droite à une distance de cinquante pieds, il marqua un nouveau point éloigné de plusieurs yards de l'endroit où nous avions précédemment creusé.

Autour de ce nouveau centre, un cercle fut tracé, un peu plus large que le premier, et nous nous mîmes derechef à jouer de la bêche. J'étais effroyablement fatigué ; mais, sans me rendre compte de ce qui occasionnait un changement dans ma pensée, je ne sentais plus une aussi grande aversion pour le labeur qui m'était imposé. Je m'y intéressais inexplicablement ; je dirai plus, je me sentais excité. Peut-être y avait-il dans toute l'extravagante conduite de Legrand un certain air délibéré, une certaine allure prophétique qui m'impressionnait moi-même.

Je bêchais ardemment et de temps à autre je me surprenais cherchant, pour ainsi dire, des yeux, avec un sentiment qui ressemblait à de l'attente, ce trésor imaginaire dont la vision avait affolé mon infortuné camarade. Dans un de ces moments où ces rêvasseries s'étaient plus singulièrement emparées de moi, et comme nous avions déjà travaillé une heure et demie à peu près, nous fûmes de nouveau interrompus par les violents hurlements du chien. Son inquiétude, dans le premier cas, n'était évidemment que le résultat d'un caprice ou d'une gaieté folle ; mais, cette fois, elle prenait un ton plus violent et plus caractérisé. Comme Jupiter s'efforçait de nouveau de le museler, il fit une résistance furieuse et, bondissant dans le trou, il se mit à gratter frénétiquement la terre avec ses griffes. En quelques secondes, il avait découvert une masse d'ossements humains, formant deux squelettes complets et mêlés de plusieurs boutons de métal, avec quelque chose qui nous parut être de la vieille laine pourrie et émiettée. Un ou deux coups de bêche firent sauter la lame d'un grand couteau espagnol ; nous creusâmes encore et trois ou quatre pièces de monnaie d'or et d'argent apparurent éparpillées.

A cette vue, Jupiter put à peine contenir sa joie, mais la physionomie de son maître exprima un affreux désappointement. Il nous supplia toutefois de continuer nos efforts, et à peine avait-il fini de parler que je trébuchai et tombai en avant ; la pointe de ma botte s'était engagée dans un gros anneau de fer qui gisait à moitié enseveli sous un amas de terre fraîche.

Nous nous remîmes au travail avec une ardeur nouvelle ; jamais je n'ai passé dix minutes dans une aussi vive exaltation.

Durant cet intervalle, nous déterrâmes complètement un coffre de forme oblongue, qui, à en juger par sa parfaite conservation et son étonnante dureté, avait été évidemment soumis à quelque procédé de minéralisation, peut-être au bichlorure de mercure. Ce coffre avait trois pieds et demi de long, trois de large et deux et demi de profondeur. Il était solidement maintenu par des lames de fer forgé, rivées et formant tout autour une espèce de treillage. De chaque côté du coffre, près du couvercle, étaient trois anneaux de fer, six en tout, au moyen desquels six personnes pouvaient s'en emparer. Tous nos efforts réunis ne réussirent qu'à le déranger légèrement de son lit. Nous vîmes tout de suite l'impossibilité d'emporter un si énorme poids. Par bonheur, le couvercle n'était retenu que par deux verrous que nous fîmes glisser, tremblants et pantelants d'anxiété.

En un instant, un trésor d'une valeur incalculable s'épanouit, étincelant, devant nous. Les rayons des lanternes tombaient dans la fosse, et faisaient jaillir d'un amas confus d'or et de bijoux, des éclairs et des splendeurs qui nous éclaboussaient positivement les yeux.

Je n'essayerai pas de décrire les sentiments avec lesquels je contemplais ce trésor. La stupéfaction, comme on peut le supposer, dominait tous les autres. Legrand paraissait épuisé par son excitation même, et ne prononça que quelques paroles. Quant à Jupiter, sa figure devint aussi mortellement pâle que cela est possible à une figure de nègre. Il semblait stupéfié, foudroyé. Bientôt il tomba sur ses genoux dans la fosse, et plongeant ses bras nus dans l'or jusqu'au coude, il les y laissa longtemps, comme s'il jouissait des voluptés d'un bain. Enfin, il s'écria avec un profond soupir, comme se parlant à lui-même :

« Et tout cela vient du scarabée d'or ? Le joli scarabée d'or ! le pauvre petit scarabée d'or que j'injuriais, que je calomniais ! N'as-tu pas honte de toi, vilain nègre ? Hein, qu'as-tu à répondre ? »

Il fallut que je réveillasse, pour ainsi dire, le maître et le valet, et que je leur fisse comprendre qu'il y avait urgence à emporter le trésor. Il se faisait tard, et il nous fallait déployer quelque activité, si nous voulions que tout fût en sûreté avant le jour. Nous ne savions quel parti prendre, et nous perdions beaucoup de temps en délibérations, tant nous avions les idées en désordre. Finalement, nous allégeâmes le coffre en enlevant les deux tiers de son contenu, et nous pûmes enfin, mais non sans peine encore, l'arracher de son trou. Les objets que nous en avions tirés furent déposés parmi les ronces, et confiés à la garde du chien, à qui Jupiter enjoignit strictement de ne bouger sous aucun prétexte, et de ne pas même ouvrir la bouche jusqu'à notre retour. Alors, nous nous mîmes précipitamment en route avec le coffre, nous atteignîmes la hutte sans accident, mais après une fatigue effroyable et à une heure du matin. Epuisés comme nous l'étions, nous ne pouvions immédiatement nous remettre à la besogne, c'eût été dépasser les forces de la nature. Nous nous reposâmes jusqu'à deux heures, puis nous soupâmes ; enfin nous nous remîmes en route pour les montagnes, munis de trois gros sacs que nous trouvâmes par bonheur dans la hutte. Nous arrivâmes un peu avant quatre heures à notre fosse, nous nous partageâmes aussi également que possible le reste du butin, et, sans nous donner la peine de combler le trou, nous nous remîmes en marche vers notre case, où nous déposâmes pour la seconde fois nos précieux fardeaux, juste comme les premières bandes de l'aube apparaissaient à l'est, au-dessus de la cime des arbres.

Nous étions absolument brisés ; mais la profonde excitation actuelle nous refusa le repos. Après un sommeil inquiet de trois ou quatre heures, nous nous levâmes, comme si nous nous étions concertés, pour procéder à l'examen du trésor.

Le coffre avait été rempli jusqu'aux bords, et nous passâmes toute la journée et la plus grande partie de la nuit suivante à inventorier son contenu. On n'y avait mis aucune espèce d'ordre ni d'arrangement ; tout y avait été empilé pêle-mêle. Quand nous eûmes fait soigneusement un classement général, nous nous trouvâmes en possession d'une fortune qui dépassait tout ce que nous avions supposé. Il y avait en espèces plus de 450 000 dollars, en estimant la valeur des pièces aussi rigoureusement que possible d'après les tables de l'époque. Dans tout cela, pas une parcelle d'argent. Tout était en or de vieille date et d'une grande variété : monnaies française, espagnole et allemande, quelques guinées anglaises, et quelques jetons dont nous n'avions jamais vu aucun modèle. Il y avait plusieurs pièces de monnaie, très grandes et très lourdes, mais si usées, qu'il nous fut impossible de déchiffrer les inscriptions. Aucune monnaie américaine. Quant à l'estimation des bijoux, ce fut une affaire un peu plus difficile. Nous trouvâmes des diamants, dont quelques-uns très beaux et d'une grosseur singulière, en tout, cent dix, dont pas un n'était petit ; dix-huit rubis d'un éclat remarquable ; trois cent dix émeraudes, toutes très belles ; vingt et un saphirs et une opale. Toutes ces pierres avaient été arrachées de leurs montures et jetées pêle-mêle dans le coffre. Quant aux montures elles-mêmes, dont nous fîmes une catégorie distincte de l'autre or, elles paraissaient avoir été broyées à coups de marteau comme pour rendre toute reconnaissance impossible. Outre tout cela, il y avait une énorme quantité d'ornements en or massif ; près de deux cents bagues ou boucles d'oreilles massives ; de belles chaînes, au nombre de trente, si j'ai bonne mémoire ; quatre-vingt-trois crucifix très grands et très lourds, cinq encensoirs d'or d'un grand prix ; un gigantesque bol à punch en or, orné de feuilles de vigne et de figures de bacchantes largement ciselées ; deux poignées d'épée merveilleusement travaillées, et une foule d'autres articles plus petits et dont j'ai perdu le souvenir. Le poids de toutes ces valeurs dépassait 350 livres ; et dans cette estimation j'ai omis cent quatre-vingt-dix-sept montres d'or superbes, dont trois valaient chacune cinq cents dollars. Plusieurs étaient très vieilles, et sans aucune valeur comme pièces d'horlogerie, les mouvements ayant plus ou moins souffert de l'action corrosive de la terre ; mais toutes étaient magnifiquement ornées de pierreries, et les boîtes étaient d'un grand prix. Nous évaluâmes cette nuit le contenu total du coffre à un million et demi de dollars ; et, lorsque plus tard nous disposâmes des bijoux et des pierreries, – après en avoir gardé quelques-uns pour notre usage personnel, – nous trouvâmes que nous avions singulièrement sousévalué le trésor.

Lorsque nous eûmes enfin terminé notre inventaire et que notre terrible exaltation fut en grande partie apaisée, Legrand, qui voyait que je mourais d'impatience de posséder la solution de cette prodigieuse énigme, entra dans un détail complet de toutes les circonstances qui s'y rapportaient.

« Vous vous rappelez, dit-il, le soir où je vous fis passer la grossière esquisse que j'avais faite du scarabée. Vous vous souvenez aussi que je fus passablement choqué de votre insistance à me soutenir que mon dessin ressemblait à une tête de mort. La première fois que vous lâchâtes cette assertion, je crus que vous plaisantiez ; ensuite je me rappelai les taches particulières sur le dos de l'insecte, et je reconnus en moi-même que votre remarque avait en somme quelque fondement. Toutefois, votre ironie à l'endroit de mes facultés graphiques m'irritait, car on me regarde comme un artiste fort passable ; aussi, quand vous me tendîtes le morceau de parchemin, j'étais au moment de le froisser avec humeur et de le jeter dans le feu.

— Vous voulez parler du morceau de *papier*, dis-je.

— Non, cela avait toute l'apparence du papier, et, moi-même, j'avais d'abord supposé que c'en était ; mais, quand je voulus dessiner dessus, je découvris tout de suite que c'était un morceau de parchemin très mince. Il était fort sale, vous vous le rappelez. Au moment même où j'allais le chiffonner, mes yeux tombèrent sur le dessin que vous aviez regardé, et vous pouvez concevoir quel fut mon étonnement quand j'aperçus l'image positive d'une tête de mort à l'endroit même où j'avais cru dessiner un scarabée. Pendant un moment, je me sentis trop étourdi pour penser avec rectitude. Je savais que mon croquis différait de ce nouveau dessin par tous ses détails, bien qu'il y eût une certaine analogie dans le contour général. Je pris alors une chandelle, et, m'asseyant à l'autre bout de la chambre, je procédai à une analyse plus attentive du parchemin. En le retournant, je vis ma propre esquisse sur le revers, juste comme je l'avais faite. Ma première impression fut simplement de la surprise ; il y avait une analogie réellement remarquable dans le contour, et c'était une coïncidence singulière que ce fait de l'image d'un crâne, inconnue à moi, occupant l'autre côté du parchemin immédiatement au-dessous de mon dessin du scarabée, et d'un crâne qui ressemblait si exactement à mon dessin, non seulement par le contour, mais aussi par la dimension. Je dis que la singularité de cette coïncidence me stupéfia positivement pour un instant. C'est l'effet ordinaire de ces sortes de coïncidences.

L'esprit s'efforce d'établir un rapport, une liaison de cause à effet, et, se trouvant impuissant à y réussir, subit une espèce de paralysie momentanée. Mais, quand je revins de cette stupeur, je sentis luire en moi par degrés une conviction qui me frappa bien autrement encore que cette coïncidence. Je commençai à me rappeler distinctement, positivement, qu'il n'y avait aucun dessin sur le parchemin quand j'y fis mon croquis du scarabée. J'en acquis la parfaite certitude ; car je me souvins de l'avoir tourné et retourné en cherchant l'endroit le plus propre. Si le crâne avait été visible, je l'aurais infailliblement remarqué. Il y avait réellement là un mystère que je me sentais incapable de débrouiller ; mais, dès ce moment même, il me sembla voir prématurément poindre une faible lueur dans les régions les plus profondes et les plus secrètes de mon entendement, une espèce de ver luisant intellectuel, une conception embryonnaire de la vérité, dont notre aventure de l'autre nuit nous a fourni une si splendide démonstration. Je me levai décidément, et, serrant soigneusement le parchemin, je renvoyai toute réflexion ultérieure jusqu'au moment où je pourrais être seul.

« Quand vous fûtes parti et quand Jupiter fut bien endormi, je me livrai à une investigation un peu plus méthodique de la chose. Et d'abord je voulus comprendre de quelle manière ce parchemin était tombé dans mes mains. L'endroit où nous découvrîmes le scarabée était sur la côte du continent, à un mille environ à l'est de l'île, mais à une petite distance au-dessus du niveau de la marée haute. Quand je m'en emparai, il me mordit cruellement, et je le lâchai. Jupiter, avec sa prudence accoutumée, avant de prendre l'insecte, qui s'était envolé de son côté, chercha autour de lui une feuille ou quelque chose d'analogue, avec quoi il pût s'en emparer. Ce fut en ce moment que ses yeux et les miens tombèrent sur le morceau de parchemin, que je pris alors pour du papier. Il était à moitié enfoncé dans le sable, avec un coin en l'air. Près de l'endroit où nous le trouvâmes, j'observai les restes d'une coque de grande embarcation, autant du moins que j'en pus juger. Ces débris de naufrage étaient là probablement depuis longtemps, car à peine pouvait-on y trouver la physionomie d'une charpente de bateau.

« Jupiter ramassa donc le parchemin, enveloppa l'insecte et me le donna. Peu de temps après, nous reprîmes le chemin de la hutte, et nous rencontrâmes le lieutenant G... Je lui montrai l'insecte, et il me pria de lui permettre de l'emporter au fort. J'y

consentis, et il le fourra dans la poche de son gilet sans le parchemin qui lui servait d'enveloppe, et que je tenais toujours à la main pendant qu'il examinait le scarabée. Peut-être eut-il peur que je ne changeasse d'avis, et jugea-t-il prudent de s'assurer d'abord de sa prise ; vous savez qu'il est fou d'histoire naturelle et de tout ce qui s'y rattache. Il est évident qu'alors, sans y penser, j'ai remis le parchemin dans ma poche.

« Vous vous rappelez que, lorsque je m'assis à la table pour faire un croquis du scarabée, je ne trouvai pas de papier à l'endroit où on le met ordinairement. Je regardai dans le tiroir, il n'y en avait point. Je cherchais dans mes poches, espérant trouver une vieille lettre, quand mes doigts rencontrèrent le parchemin. Je vous détaille minutieusement toute la série de circonstances qui l'ont jeté dans mes mains ; car toutes ces circonstances ont singulièrement frappé mon esprit.

« Sans aucun doute, vous me considérerez comme un rêveur, mais j'avais déjà établi une espèce de connexion. J'avais uni deux anneaux d'une grande chaîne. Un bateau échoué à la côte, et non loin de ce bateau un parchemin, – *non pas un papier –,* portant l'image d'un crâne. Vous allez naturellement me demander où est le rapport ? Je répondrai que le crâne ou la tête de mort est l'emblème bien connu des pirates. Ils ont toujours, dans tous leurs engagements, hissé le pavillon à tête de mort.

« Je vous ai dit que c'était un morceau de parchemin et non pas de papier. Le parchemin est une chose durable, presque impérissable. On confie rarement au parchemin des documents d'une minime importance, puisqu'il répond beaucoup moins bien que le papier aux besoins ordinaires de l'écriture et du dessin. Cette réflexion m'induisit à penser qu'il devait y avoir dans la tête de mort quelque rapport, quelque sens singulier. Je ne faillis pas non plus à remarquer la forme du parchemin. Bien que l'un des coins eût été détruit par quelque accident, on voyait bien que la forme primitive était oblongue. C'était donc une de ces bandes qu'on choisit pour écrire, pour consigner un document important, une note qu'on veut conserver longtemps et soigneusement.

— Mais, interrompis-je, vous dites que le crâne n'était pas sur le parchemin quand vous y dessinâtes le scarabée. Comment donc pouvez-vous établir un rapport entre le bateau et le crâne, puisque ce dernier, d'après votre propre aveu, a dû être dessiné – Dieu sait comment ou par qui ! – postérieurement à votre dessin du scarabée ?

— Ah ! c'est là-dessus que roule tout le mystère ; bien que j'aie eu comparativement peu de peine à résoudre ce point de l'énigme. Ma marche était sûre, et ne pouvait me conduire qu'à un seul résultat. Je raisonnais ainsi, par exemple : quand je dessinai mon scarabée, il n'y avait pas trace de crâne sur le parchemin ; quand j'eus fini mon dessin, je vous le fis passer, et je ne vous perdis pas de vue que vous ne me l'eussiez rendu. Conséquemment ce n'était pas vous qui aviez dessiné le crâne, et il n'y avait là aucune autre personne pour le faire. Il n'avait donc pas été créé par l'action humaine ; et cependant, il était là, sous mes yeux !

« Arrivé à ce point de mes réflexions, je m'appliquai à me rappeler et je me rappelai en effet, et avec une parfaite exactitude, tous les incidents survenus dans l'intervalle en question. La température était froide, – oh ! l'heureux, le rare accident ! – et un bon feu flambait dans la cheminée. J'étais suffisamment réchauffé par l'exercice, et je m'assis près de la table. Vous, cependant, vous aviez tourné votre chaise tout près de la cheminée. Juste au moment où je vous mis le parchemin dans la main, et comme vous alliez l'examiner, Wolf, mon terre-neuve, entra et vous sauta sur les épaules. Vous le caressiez avec la main gauche, et vous cherchiez à l'écarter, en laissant tomber nonchalamment votre main droite, celle qui tenait le parchemin, entre vos genoux et tout près du feu. Je crus un moment que la flamme allait l'atteindre, et j'allais vous dire de prendre garde ; mais avant que j'eusse parlé vous l'aviez retiré, et vous vous étiez mis à l'examiner. Quand j'eus bien considéré toutes ces circonstances, je ne doutai pas un instant que la chaleur n'eût été l'agent qui avait fait apparaître sur le parchemin le crâne dont je voyais l'image. Vous savez bien qu'il y a – il y en a eu de tout temps – des préparations chimiques, au moyen desquelles on peut écrire sur du papier ou sur du vélin des caractères qui ne deviennent visibles que lorsqu'ils sont soumis à l'action du feu. On emploie quelquefois le safre, digéré dans l'eau régale et délayé dans quatre fois son poids d'eau ; il en résulte une teinte verte. Le régule de cobalt, dissous dans l'esprit de nitre, donne une couleur rouge. Ces couleurs disparaissent plus ou moins longtemps après que la substance sur laquelle on a écrit s'est refroidie, mais reparaissent à volonté par une application nouvelle de la chaleur.

« J'examinai alors la tête de mort avec le plus grand soin. Les contours extérieurs, c'est-à-dire les plus rapprochés du bord du vélin, étaient beaucoup plus distincts que les autres. Évidemment l'action du calorique avait été imparfaite ou inégale. J'allumai immédiatement du feu, et je soumis chaque partie du parchemin à une chaleur brûlante. D'abord, cela n'eut d'autre effet que de renforcer les lignes un peu pâles du crâne ; mais, en continuant l'expérience, je vis apparaître, dans un coin de la bande, au coin diagonalement opposé à celui où était tracée la tête de mort, une figure que je supposai d'abord être celle d'une chèvre. Mais un examen plus attentif me convainquit qu'on avait voulu représenter un chevreau.

— Ah ! ah ! dis-je, je n'ai certes pas le droit de me moquer de vous ; – un million et demi de dollars ! c'est chose trop sérieuse pour qu'on en plaisante ; – mais vous n'allez pas ajouter un troisième anneau à votre chaîne ; vous ne trouverez aucun rapport spécial entre vos pirates et une chèvre ; les pirates, vous le savez, n'ont rien à faire avec les chèvres. Cela regarde les fermiers.

— Mais je viens de vous dire que l'image n'était pas celle d'une chèvre.

— Bon! va pour un chevreau ; c'est presque la même chose.

— Presque, mais pas tout à fait, dit Legrand. Vous avez entendu parler peut-être d'un certain capitaine Kidd. Je considérai tout de suite la figure de cet animal comme une espèce de signature logogriphique ou hiéroglyphique *(kid,* chevreau). Je dis signature, parce que la place qu'elle occupait sur le vélin suggérait naturellement cette idée. Quant à la tête de mort placée au coin diagonalement opposé, elle avait l'air d'un sceau, d'une estampille. Mais je fus cruellement déconcerté par l'absence du reste – du corps même de mon document rêvé –, du texte de mon contexte.

— Je présume que vous espériez trouver une lettre entre le timbre et la signature.

— Quelque chose comme cela. Le fait est que je me sentais comme irrésistiblement pénétré du pressentiment d'une immense bonne fortune imminente. Pourquoi ? je ne saurais trop le dire. Après tout, peut-être était-ce plutôt un désir qu'une croyance positive ; mais croiriez-vous que le dire absurde de Jupiter, que le scarabée était en or massif, a eu une influence remarquable sur mon imagination ? Et puis cette série d'accidents et de coïncidences était vraiment si extraordinaire. Avez-vous remarqué tout ce qu'il y a de fortuit làdedans ? Il a fallu que tous ces événements arrivassent le seul jour de toute l'année où il a fait, où il a pu faire assez froid pour nécessiter du feu ; et, sans ce feu et sans l'intervention du chien au moment précis où il a paru, je n'aurais jamais eu connaissance de la tête de mort et n'aurais jamais possédé ce trésor.

— Allez, allez, je suis sur des charbons.

— Eh bien, vous avez donc connaissance d'une foule d'histoires qui courent, de mille rumeurs vagues relatives aux trésors enfouis quelque part sur la côte de l'Atlantique, par Kidd et ses associés ? En somme, tous ces bruits devaient avoir quelque fondement. Et si ces bruits duraient depuis si longtemps et avec tant de persistance, cela ne pouvait, selon moi, tenir qu'à un fait, c'est que le trésor enfoui était resté enfoui. Si Kidd avait caché son butin pendant un certain temps et l'avait ensuite repris, ces rumeurs ne seraient pas sans doute venues jusqu'à nous sous leur forme actuelle et invariable. Remarquez que les histoires en question roulent toujours sur des chercheurs et jamais sur des trouveurs de trésors. Si le pirate avait repris son argent, l'affaire en serait restée là. Il me semblait que quelque accident, par exemple la perte de la note qui indiquait l'endroit précis, avait dû le priver des moyens de le recouvrer. Je supposais que cet accident était arrivé à la connaissance de ses compagnons, qui autrement n'auraient jamais su qu'un trésor avait été enfoui, et qui, par leurs recherches infructueuses, sans guide et sans notes positives, avaient donné naissance à cette rumeur universelle et à ces légendes. aujourd'hui si communes. Avez-vous jamais entendu parler d'un trésor important qu'on aurait déterré sur la côte ?

— Jamais.

— Or, il est notoire que Kidd avait accumulé d'immenses richesses. Je considérais donc comme chose sûre que la terre les gardait encore ; et vous ne vous étonnerez pas trop quand je vous dirai que je sentais en moi une espérance, – une espérance qui montait presque à la certitude ; – c'est que le parchemin, si singulièrement trouvé, contiendrait l'indication disparue du lieu où avait été fait le dépôt.

— Mais comment avez-vous fait ?

— J'exposai de nouveau le vélin au feu, après avoir augmenté la chaleur ; mais rien ne parut. Je pensai que la couche de crasse pouvait bien être pour quelque chose dans cet insuccès ; aussi je nettoyai soigneusement le parchemin en versant de l'eau chaude dessus, puis je le plaçai dans une casserole de fer-blanc, le crâne en dessous, et je posai la casserole sur un réchaud de charbons allumés. Au bout de quelques minutes, la casserole étant parfaitement chauffée, je retirai la bande de vélin, et je m'aperçus, avec une joie inexprimable, qu'elle était mouchetée en plusieurs endroits de signes qui ressemblaient à des chiffres rangés en lignes. Je replaçai la chose dans la casserole, et l'y laissai encore une minute, et, quand je l'en retirai, elle était juste comme vous allez la voir. »

Ici, Legrand, ayant de nouveau chauffé le vélin, le soumit à mon examen. Les caractères suivants apparaissaient en rouge, grossièrement tracés entre la tête de mort et le chevreau :

53!!+305))6*;4826)4!.)4!);806*;48+
8¶60))85;1!(;:!*8+83(88)5*+
;46(;88*96*?;8)*!(;485);5*+2:*!(;4956
2(5–4)8 ¶8*;4069285);)6+8)4!!;1(!
9;48081;8:8!1;48+85;4)485+
528806*81(!9;48;(88;4(!?34;48)4
!;161;:188:!?;

« Mais, dis-je, en lui tendant la bande de vélin, je n'y vois pas plus clair. Si tous les trésors de Golconde devaient être pour moi le prix de la solution de cette énigme, je serais parfaitement sûr de ne pas les gagner.

— Et cependant, dit Legrand, la solution n'est certainement pas aussi difficile qu'on se l'imaginerait au premier coup d'œil. Ces caractères, comme chacun pourrait le deviner facilement, forment un chiffre, c'est-à-dire qu'ils présentent un sens ; mais, d'après ce que nous savons de Kidd, je ne devais pas le supposer capable de fabriquer un échantillon de cryptographie bien abstruse. Je jugeai donc tout d'abord que celui-ci était d'une espèce simple, tel cependant qu'à l'intelligence grossière du marin il dût paraître absolument insoluble sans la clef.

— Et vous l'avez résolu, vraiment ?

— Très aisément ; j'en ai résolu d'autres dix mille fois plus compliqués. Les circonstances et une certaine inclination d'esprit m'ont amené à prendre intérêt à ces sortes d'énigmes, et il est vraiment douteux que l'ingéniosité humaine puisse créer une énigme de ce genre dont l'ingéniosité humaine ne vienne à bout par une application suffisante. Aussi, une fois que j'eus réussi à établir une série de caractères lisibles, je daignai à peine songer à la difficulté d'en dégager la signification.

« Dans le cas actuel, – et, en somme, dans tous les cas d'écriture secrète, – la première question à vider, c'est la *langue* du chiffre : car les principes de solution, particulièrement quand il s'agit des chiffres les plus simples, dépendent du génie de chaque idiome, et peuvent être modifiés. En général, il n'y a pas d'autre moyen que d'essayer successivement, en se dirigeant suivant les probabilités, toutes les langues qui vous sont connues jusqu'à ce que vous ayez trouvé la bonne. Mais, dans le chiffre qui nous occupe, toute difficulté à cet égard était résolue par la signature. Le rébus sur le mot *Kidd* n'est possible que dans la langue anglaise. Sans cette circonstance, j'aurais commencé mes essais par l'espagnol et le français, comme étant les langues dans lesquelles un pirate des mers espagnoles avait dû le plus naturellement enfermer un secret de cette nature. Mais, dans le cas actuel, je présumai que le cryptogramme était anglais.

« Vous remarquez qu'il n'y a pas d'espaces entre les mots. S'il y avait eu des espaces, la tâche eût été singulièrement plus facile. Dans ce cas, j'aurais commencé par faire une collation et une analyse des mots les plus courts, et, si j'avais trouvé, comme cela est toujours probable, un mot d'une seule lettre, *a* ou *I* (un, je) par exemple, j'aurais considéré la solution comme assurée. Mais, puisqu'il n'y avait pas d'espaces, mon premier devoir était de relever les lettres prédominantes, ainsi que celles qui se rencontraient le plus rarement. Je les comptai toutes, et je dressai la table que voici :

Le caractère	8	se trouve	33	fois
»	;	»	26	»
»	4	»	19	»
»	! et)	»	16	»
»	*	»	13	»
»	5	»	12	»
»	6	»	11	»
»	+ et 1	»	8	»
»	0	»	6	»
»	9 et 2	»	5	»

»	: et 3	»	4	»
»	?	»	3	»
»	¶	»	2	»
»	– et .	»	1	»

« Or, la lettre qui se rencontre le plus fréquemment en anglais est *e*. Les autres lettres se succèdent dans cet ordre : *a o i d h n r s t u y c f g l m w b k p q x z*. *E* prédomine si singulièrement, qu'il est très rare de trouver une phrase d'une certaine longueur dont il ne soit pas le caractère principal.

« Nous avons donc, tout en commençant, une base d'opérations qui donne quelque chose de mieux qu'une conjecture. L'usage général qu'on peut faire de cette table est évident ; mais, pour ce chiffre particulier, nous ne nous en servirons que très médiocrement. Puisque notre caractère dominant est *8*, nous commencerons par le prendre pour l'*e* de l'alphabet naturel. Pour vérifier cette supposition, voyons si le *8* se rencontre souvent double; car l'*e* se redouble très fréquemment en anglais, comme par exemple dans les mots : *meet, fleet, speed, seen, been, agree,* etc. Or, dans le cas présent, nous voyons qu'il n'est pas redoublé moins de cinq fois, bien que le cryptogramme soit très court.

« Donc *8* représentera *e*. Maintenant, de tous les mots de la langue, *the* est le plus utilisé ; conséquemment, il nous faut voir si nous ne trouverons pas répétée plusieurs fois la même combinaison de trois caractères, ce *8* étant le dernier des trois. Si nous trouvons des répétitions de ce genre, elles représenteront très probablement le mot *the.* Vérification faite, nous n'en trouvons pas moins de 7 ; et les caractères sont *;48*. Nous pouvons donc supposer que *;* représente *t,* que *4* représente *h*, et que *8* représente *e,* la valeur du dernier se trouvant ainsi confirmée de nouveau. Il y a maintenant un grand pas de fait.

« Nous n'avons déterminé qu'un mot, mais ce seul mot nous permet d'établir un point beaucoup plus important, c'est-à-dire les commencements et les terminaisons d'autres mots. Voyons, par exemple, l'avant-dernier cas où se présente la combinaison *;48*, presque à la fin du chiffre. Nous savons que le ; qui vient immédiatement après est le commencement d'un mot, et des six caractères qui suivent ce *the,* nous n'en connaissons pas moins de cinq. Remplaçons donc ces caractères par les lettres qu'ils représentent, en laissant un espace pour l'inconnu :

t eeth

« Nous devons tout d'abord écarter le *th* comme ne pouvant pas faire partie du mot qui commence par le premier *t,* puisque nous voyons, en essayant successivement toutes les lettres de l'alphabet pour combler la lacune, qu'il est impossible de former un mot dont ce *the* puisse faire partie. Réduisons donc nos caractères à :

t ee,

et reprenant de nouveau tout l'alphabet, s'il le faut, nous concluons au mot *tree* (arbre), comme à la seule version possible. Nous gagnons ainsi une nouvelle lettre, *r,* représentée par *(,* plus deux mots juxtaposés, *the tree* (l'arbre).

« Un peu plus loin, nous retrouvons la combinaison *;48,* et nous nous en servons comme de terminaison à ce qui précède immédiatement. Cela nous donne l'arrangement suivant :

the tree ;4(+?34 the,

ou, en substituant les lettres naturelles aux caractères que nous connaissons,

the tree thr + +?3h the.

Maintenant, si aux caractères inconnus nous substituons des blancs ou des points, nous aurons :

the three thr... h the,

et le mot *through* (par, à travers) se dégage pour ainsi dire de lui-même. Mais cette découverte nous donne trois lettres de plus, *o*, *u* et *g*, représentées par *!*, *?* et *3*.

« Maintenant, cherchons attentivement dans le cryptogramme des combinaisons de caractères connus, et nous trouverons, non loin du commencement, l'arrangement suivant :

83(88, ou *egree,*

qui est évidemment la terminaison du mot *degree* (degré), et qui nous livre encore une lettre *d,* représentée par +.

« Quatre lettres plus loin que ce mot *degree,* nous trouvons la combinaison

;46(;88,

dont nous traduisons les caractères connus et représentons l'inconnu par un point ; cela nous donne :

th.rtee,

arrangement qui nous suggère immédiatement le mot *thirteen* (treize), et nous fournit deux lettres nouvelles, *i*, et *n*, représentées par *6* et *.

« Reportons-nous maintenant au commencement du cryptogramme, nous trouvons la combinaison

53 !!+.

Traduisant comme nous avons déjà fait, nous obtenons

.good,

ce qui nous montre que la première lettre est un *a*, et que les deux premiers mots sont *a good* (un bon, une bonne).

« Il serait temps maintenant, pour éviter toute confusion, de disposer toutes nos découvertes sous forme de table. Cela nous fera un commencement de clef :

5	représente	*a*
+	»	*d*
8	»	*e*
3	»	*g*
4	»	*h*
6	»	*i*
*	»	*n*
!	»	*o*
(	»	*r*
;	»	*t*
?	»	*u*

Ainsi, nous n'avons pas moins de onze des lettres les plus importantes, et il est inutile que nous poursuivions la solution à travers tous ses détails. Je vous en ai dit assez pour vous convaincre que des chiffres de cette nature sont faciles à résoudre, et pour vous donner un aperçu de l'analyse raisonnée qui sert à les débrouiller. Mais tenez pour certain que le spécimen que nous avons sous les yeux appartient à la catégorie la plus simple de la cryptographie. Il ne me reste plus qu'à vous donner la traduction complète du document, comme si nous avions déchiffré successivement tous les caractères. La voici :

A good glass in the bishop's hostel in the devil's seat forty-one degrees and thirteen minutes north-east and by north main branch seventh limb east side shoot from the left eye of the death's-head a bee-line from the tree through the shot fifty feet out.

(Un bon verre dans l'hostel de l'évêque

dans la chaise du diable quarante et un degrés et treize minutes nord-est quart de nord principale tige septième branche côté est lâchez de l'œil gauche de la tête de mort une ligne d'abeille de l'arbre à travers la balle cinquante pieds au large.)

« Mais, dis-je, l'énigme me paraît d'une qualité tout aussi désagréable qu'auparavant. Comment peut-on tirer un sens quelconque de tout ce jargon de *chaise du diable,* de *tête de mort* et *d'hostel de l'évêque* ?

— Je conviens, répliqua Legrand, que l'affaire a l'air encore passablement sérieux, quand on y jette un simple coup d'œil. Mon premier soin fut d'essayer de retrouver dans la phrase les divisions naturelles qui étaient dans l'esprit de celui qui l'écrivit.

— De la ponctuer, voulez-vous dire?

— Quelque chose comme cela.

— Mais comment diable avez-vous fait ?

— Je réfléchis que l'écrivain s'était fait une loi d'assembler les mots sans aucune division, espérant rendre ainsi la solution plus difficile. Or, un homme qui n'est pas excessivement fin sera presque toujours enclin, dans une pareille tentative, à dépasser la mesure. Quand, dans le cours de sa composition, il arrive à une interruption de sens qui demanderait naturellement une pause ou un point, il est fatalement porté à serrer les caractères plus que d'habitude. Examinez ce manuscrit, et vous découvrirez facilement cinq endroits de ce genre où il y a pour ainsi dire encombrement de caractères. En me dirigeant d'après cet indice j'établis la division suivante :

A good glass in the bishop's hostel in the devil's seat – forty-one degrees and thirteen minutes – north-east and by north – main branch seventh limb east side – shoot from the left eye of the death's-head – a bee-line from the tree through the shot fifty feet out.

(Un bon verre dans l'hostel de l'évêque dans la chaise du diable – quarante et un degrés et treize minutes – nord-est quart de nord – principale tige septième branche côté est – lâchez de l'œil gauche de la tête de mort – une ligne d'abeille de l'arbre à travers la balle cinquante pieds au large.)

— Malgré votre division, dis-je, je reste toujours dans les ténèbres.

— J'y restai moi-même pendant quelques jours, répliqua Legrand. Pendant ce temps, je fis force recherches dans le voisinage de l'île de Sullivan sur un bâtiment qui devait s'appeler *l'Hôtel de l'Evêque,* car je ne m'inquiétai pas de la vieille orthographe du mot *hostel*. N'ayant trouvé aucun renseignement à ce sujet, j'étais sur le point d'étendre la sphère de mes recherches et de procéder d'une manière plus systématique, quand, un matin, je m'avisai tout à coup que ce *Bishop's hostel* pouvait bien avoir rapport à une vieille famille du nom de Bessop, qui, de temps immémorial, était en possession d'un ancien manoir à quatre milles environ au nord de l'île. J'allai donc à la plantation, et je recommençai mes questions parmi les plus vieux nègres de l'endroit. Enfin, une des femmes les plus âgées me dit qu'elle avait entendu parler d'un endroit comme *Bessop's castle* (château de Bessop), et qu'elle croyait bien pouvoir m'y conduire, mais que ce n'était ni un château, ni une auberge, mais un grand rocher.

« Je lui offris de la bien payer pour sa peine, et, après quelque hésitation, elle consentit à m'accompagner jusqu'à l'endroit précis. Nous le découvrîmes sans trop de difficulté, je la congédiai, et commençai à examiner la localité. Le *château* consistait en un assemblage irrégulier de pics et de rochers, dont l'un était aussi remarquable par sa hauteur que par son isolement et sa configuration quasi artificielle. Je grimpai au sommet, et, là, je me sentis fort embarrassé de ce que j'avais désormais à faire.

« Pendant que j'y rêvais, mes yeux tombèrent sur une étroite saillie dans la face orientale du rocher, à un yard environ au-dessous de la pointe où j'étais placé. Cette saillie se projetait de dix-huit pouces à peu près, et n'avait guère plus d'un pied de large ; une niche creusée dans le pic juste au-dessus lui donnait une grossière ressemblance avec les chaises à dos concave dont se servaient nos ancêtres. Je ne doutai pas que ce ne fût la *chaise du Diable* dont il était fait mention dans le manuscrit, et il me sembla que je tenais désormais tout le secret de l'énigme.

« Le *bon verre,* je le savais, ne pouvait pas désigner autre chose qu'une longue-vue ; car nos marins emploient rarement le mot *glass* dans un autre sens. Je compris tout de suite qu'il fallait ici se servir d'une longue-vue, en se plaçant à un point de vue défini et *n'admettant aucune variation.* Or, les phrases : *quarante et un degrés et treize minutes,* et *nord-est quart de nord,* – je n'hésitai pas un instant à le croire, – devaient donner la direction pour pointer la longue-vue. Fortement remué par toutes ces découvertes, je me précipitai chez moi, je me procurai une longue-vue, et je retournai au rocher.

« Je me laissai glisser sur la corniche, et je m'aperçus qu'on ne pouvait s'y tenir assis que dans une certaine position. Ce fait confirma ma conjecture. Je pensai alors à me servir de la longue-vue. Naturellement, les *quarante et un degrés et treize minutes* ne pouvaient avoir trait qu'à l'élévation au-dessus de l'horizon sensible puisque la direction horizontale était clairement indiquée par les mots *nord-est quart de nord.* J'établis cette direction au moyen d'une boussole de poche ; puis, pointant, aussi juste que possible par approximation, ma longue-vue à un angle de quarante et un degrés d'élévation, je la fis mouvoir avec précaution de haut en bas et de bas en haut, jusqu'à ce que mon attention fût arrêtée par une espèce de trou circulaire ou de lucarne dans le feuillage d'un grand arbre qui dominait tous ses voisins dans l'étendue visible. Au centre de ce trou, j'aperçus un point blanc, mais je ne pus pas tout d'abord distinguer ce que c'était. Après avoir ajusté le foyer de ma longue-vue, je regardai de nouveau, et je m'assurai enfin que c'était un crâne humain.

« Après cette découverte qui me combla de confiance, je considérai l'énigme comme résolue ; car la phrase : *principale tige, septième branche, côté est,* ne pouvait avoir trait qu'à la position du crâne sur l'arbre, et celle-ci : *lâchez de l'œil gauche de la tête de mort,* n'admettait aussi qu'une interprétation, puisqu'il s'agissait de la recherche d'un trésor enfoui. Je compris qu'il fallait laisser tomber une balle de l'œil gauche du crâne, et qu'une ligne d'abeille, ou, en d'autres termes, une ligne droite, partant du point le plus rapproché du tronc, et s'étendant, *à travers la balle,* c'est-à-dire à travers le point où tomberait la balle, indiquerait l'endroit précis, et sous cet endroit je jugeai qu'il était pour le moins possible qu'un dépôt précieux fût encore enfoui.

— Tout cela, dis-je, est excessivement clair et tout à la fois ingénieux, simple et explicite. Et, quand vous eûtes quitté l'*hôtel de l'Evêque,* que fîtes-vous ?

— Mais, ayant soigneusement noté mon arbre, sa forme et sa position, je retournai chez moi. A peine eus-je quitté *la chaise du Diable,* que le trou circulaire disparut, et, de quelque côté que je me tournasse, il me fut désormais impossible de l'apercevoir. Ce qui me paraît le chef-d'œuvre de l'ingéniosité dans toute cette affaire, c'est ce fait (car j'ai répété l'expérience et me suis convaincu que c'est un fait), que l'ouverture circulaire en question n'est visible que d'un seul point, et cet unique point de vue, c'est l'étroite corniche sur le flanc du rocher.

« Dans cette expédition à l'*Hôtel de l'Evêque* j'avais été suivi par Jupiter, qui observait sans doute depuis quelques semaines mon air préoccupé, et mettait un soin particulier à ne pas me laisser seul. Mais, le jour suivant, je me levai de très grand matin, je réussis à lui échapper, et je courus dans les montagnes à la recherche de mon arbre. J'eus beaucoup de peine à le trouver. Quand je revins chez moi à la nuit, mon domestique se disposait à me donner la bastonnade. Quant au reste de l'aventure, vous êtes, je présume, aussi bien renseigné que moi.

— Je suppose, dis-je, que, lors de nos premières fouilles, vous aviez manqué l'endroit par suite de la bêtise de Jupiter, qui laissa tomber le scarabée par l'œil droit du crâne au lieu de le laisser filer par l'œil gauche.

— Précisément. Cette méprise faisait une différence de deux pouces et demi environ relativement à *la balle,* c'est-à-dire à la position de la cheville près de l'arbre ; si le trésor avait été sous l'endroit marqué par *la balle,* cette erreur eût été sans importance ; mais *la balle* et le point le plus rapproché de l'arbre étaient deux points ne servant qu'à établir une ligne de direction ; naturellement, l'erreur, fort minime au commencement, augmentait en proportion de la longueur de la ligne, et, quand nous fûmes arrivés à une distance de cinquante pieds, elle nous avait totalement dévoyés. Sans l'idée fixe dont j'étais possédé, qu'il y avait positivement là, quelque part, un trésor enfoui, nous aurions peut-être bien perdu toutes nos peines.

— Mais votre emphase, vos attitudes solennelles, en balançant le scarabée ! quelles bizarreries ! Je vous croyais positivement fou. Et pourquoi avez-vous absolument voulu laisser tomber du crâne votre insecte, au lieu d'une balle ?

— Ma foi ! pour être franc, je vous avouerai que je me sentais quelque peu vexé par vos soupçons relativement à l'état de mon esprit, et je résolus de vous punir tranquillement, à ma manière, par un petit brin de mystification froide. Voilà pourquoi je balançais le scarabée, et voilà pourquoi je voulus le faire tomber du haut de l'arbre. Une observation que vous fîtes sur son poids singulier me suggéra cette dernière idée.

— Oui, je comprends ; et maintenant il n'y a plus qu'un point qui m'embarrasse. Que dirons-nous des squelettes trouvés dans le trou ?

— Ah ! c'est une question à laquelle je ne saurais pas mieux répondre que vous. Je ne vois qu'une manière plausible de l'expliquer, et mon hypothèse implique une atrocité telle, que cela est horrible à croire. Il est clair que Kidd – si c'est bien Kidd qui a enfoui le trésor, ce dont je ne doute pas, pour mon compte, – il est clair que Kidd a dû se faire aider dans son travail. Mais, la besogne finie, il a pu juger convenable de faire disparaître tous ceux qui possédaient son secret. Deux bons coups de pioche ont peut-être suffi, pendant que ses aides étaient encore occupés dans la fosse ; il en a peut-être fallu une douzaine. Qui nous le dira ?

Le Diable
dans le beffroi

> Quelle heure est-il ?
> *Vieille locution.*

Chacun sait d'une manière vague que le plus bel endroit du monde est – ou était, hélas ! – le bourg hollandais de Vondervotteimittiss. Cependant, comme il est à quelque distance de toutes les grandes routes, dans une situation pour ainsi dire extraordinaire, il n'y a peut-être qu'un petit nombre de mes lecteurs qui lui aient rendu visite. Pour l'agrément de ceux qui n'ont pu le faire, je juge donc à propos d'entrer dans quelques détails à son sujet. Et c'est en vérité d'autant plus nécessaire que, si je me propose de donner un récit des événements calamiteux qui ont fondu tout récemment sur son territoire, c'est avec l'espoir de conquérir à ces habitants la sympathie publique. Aucun de ceux qui me connaissent ne doutera que le devoir que je m'impose ne soit exécuté avec tout ce que j'y peux mettre d'habileté, avec cette impartialité rigoureuse, cette scrupuleuse vérification des faits et cette laborieuse collation des autorités qui doivent toujours distinguer celui qui aspire au titre d'historien.

Par le secours réuni des médailles, manuscrits et inscriptions, je suis autorisé à affirmer positivement que le bourg de Vondervotteimittiss a toujours existé dès son origine précisément dans la même condition où on le voit encore aujourd'hui. Mais, quant à la date de cette origine, il m'est pénible de n'en pouvoir parler qu'avec cette *précision indéfinie* dont les mathématiciens sont quelquefois obligés de s'accommoder dans certaines formules algébriques. La date, il m'est permis de m'exprimer ainsi, eu égard à sa prodigieuse antiquité, ne peut pas être moindre qu'une quantité déterminable quelconque.

Relativement à l'étymologie du nom Vondervotteimittiss, je me confesse, non sans peine, également en défaut. Parmi une multitude d'opinions sur ce point délicat, – quelques-unes très subtiles, quelques-unes très érudites, quelques-unes suffisamment inverses – , je n'en trouve aucune qui puisse être considérée comme satisfaisante. Peut-être l'idée de Grogswigg, – qui coïncide presque avec celle de Kroutaplenttey, – doit-elle être prudemment préférée. Elle est ainsi conçue : – *Vondervotteimittiss, Vonder, lege Donder,* – *Votteimittiss, quasi und Bleitziz,* – *Belitziz, obsolet um pro Blitzen.* Cette étymologie, pour dire la vérité, se trouve assez bien confirmée par quelques traces de fluide électrique, qui sont encore visibles au sommet du clocher de la Maison-de-Ville. Toutefois, je ne me soucie pas de me compromettre dans une thèse d'une pareille importance, et je prierai le lecteur curieux d'informations d'en référer aux *Oratiunculæ de Rebus Præter-Veteris*, de Dundergutz. Voyez aussi Blunderbuzzard, *De Derivationibus*, de la page 27 à la page 5 010 in-folio, édition gothique, caractères rouges et noirs avec réclames et sans signatures ; – consultez aussi dans cet ouvrage les notes marginales autographes de Stuffundpuff, avec les sous-commentaires de Gruntundguzzell.

Malgré l'obscurité qui enveloppe ainsi la

date de la fondation de Vondervotteimittiss et l'étymologie de son nom, on ne peut douter, comme je l'ai déjà dit, qu'il n'ait toujours existé tel que nous le voyons présentement. L'homme le plus vieux du bourg ne se rappelle pas la plus légère différence dans l'aspect d'une partie quelconque de sa patrie, et en vérité la simple suggestion d'une telle possibilité y serait considérée comme une insulte. Le village est situé dans une vallée parfaitement circulaire, dont la circonférence est d'un quart de mille à peu près, et complètement environnée par de jolies collines dont les habitants ne se sont jamais avisés de franchir les sommets. Ils donnent d'ailleurs une excellente raison de leur conduite, c'est qu'ils ne croient pas qu'il y ait quoi que ce soit de l'autre côté.

Autour de la lisière de la vallée (qui est tout à fait unie et pavée dans toute son étendue de tuiles plates) s'étend un rang continu de soixante petites maisons. Elles sont appuyées par-derrière sur les collines, et naturellement elles regardent toutes le centre de la plaine, qui est juste à soixante yards de la porte de face de chaque habitation. Chaque maison a devant elle un petit jardin, avec une allée circulaire, un cadran solaire et vingt-quatre choux. Les constructions elles-mêmes sont si parfaitement semblables, qu'il est impossible de distinguer l'une de l'autre. A cause de son extrême antiquité, le style de l'architecture est quelque peu bizarre ; mais, pour cette raison même, il n'est que plus remarquablement pittoresque. Elles sont faites de petites briques bien durcies au feu, rouges, avec des coins noirs, de sorte que les murs ressemblent à un échiquier dans de vastes proportions. Les pignons sont tournés du côté de la façade, et il y a des corniches, aussi

grosses que le reste de la maison, aux rebords des toits et aux portes principales. Les fenêtres sont étroites et profondes, avec de tout petits carreaux et force châssis. Le toit est recouvert d'une multitude de tuiles à oreillettes roulées. La charpente est partout d'une couleur sombre, très ouvragée, mais avec peu de variété dans les dessins ; car, de temps immémorial, les sculpteurs en bois de Vondervotteimittiss n'ont jamais su tailler plus de deux objets, – une horloge et un chou. Mais ils les font admirablement bien, et ils les prodiguent avec une singulière ingéniosité, partout où ils trouvent une place pour le ciseau.

Les habitations se ressemblent autant à l'intérieur qu'au-dehors, et l'ameublement est façonné d'après un seul modèle. Le sol est pavé de tuiles carrées, les chaises et les tables sont en bois noir, avec des pieds tors, grêles, et amincis par le bas. Les cheminées sont larges et hautes, et n'ont pas seulement des horloges et des choux sculptés sur la face de leurs chambranles, mais elles supportent au milieu de la tablette une véritable horloge qui fait un prodigieux tic-tac, avec deux pots à fleurs contenant chacun un chou, qui se tient ainsi à chaque bout en manière de chasseur ou de piqueur. Entre chaque chou et l'horloge, il y a encore un petit magot chinois à grosse panse avec un grand trou au milieu, à travers lequel apparaît le cadran d'une montre.

Les foyers sont vastes et profonds, avec des chenets farouches et contournés. Il y a constamment un grand feu et une énorme marmite dessus, pleine de choucroute et de porc, que la bonne femme de la maison surveille incessamment. C'est une grosse et vieille petite dame, aux yeux bleus et à la face rouge, qui porte un immense bonnet, semblable à un pain de sucre, agrémenté de rubans de couleur pourpre et jaune. Sa robe est de tiretaine orangée, très ample par-derrière et très courte de taille, – et fort courte en vérité sous d'autres rapports, car elle ne descend pas à mi-jambes. Ces jambes sont quelque peu épaisses, ainsi que les chevilles, mais elles sont revêtues d'une belle paire de bas verts. Ses souliers – de cuir rose – sont attachés par un nœud de rubans jaunes épanouis et fripés en forme de chou. Dans sa main gauche, elle tient une lourde petite montre hollandaise ; de la droite, elle manie une grande cuiller pour la choucroute et le porc. A côté d'elle se tient un gros chat moucheté, qui porte à sa queue une montre-joujou en cuivre doré, à répétition, que les *garçons lui* ont ainsi attachée en manière de farce.

Quant aux garçons eux-mêmes, ils sont

tous trois dans le jardin, et veillent au cochon. Ils ont chacun deux pieds de haut. Ils portent des chapeaux à trois cornes, des gilets pourpres qui leur tombent presque sur les cuisses, des culottes en peau de daim, des bas rouges drapés, de lourds souliers avec de grosses boucles d'argent, et de longues vestes avec de larges boutons de nacre. Chacun porte aussi une pipe à la bouche, et une petite montre ventrue dans la main droite. Une bouffée de fumée, un coup d'œil à la montre, – un coup d'œil à la montre, une bouffée de fumée, – ils vont ainsi. Le cochon, – qui est corpulent et fainéant, – s'occupe tantôt à glaner les feuilles épaves qui sont tombées des choux, tantôt à ruer contre la montre dorée que ces petits polissons ont aussi attachée à la queue de ce personnage, dans le but de le faire aussi beau que le chat.

Juste devant la porte d'entrée, dans un fauteuil à grand dossier, à fond de cuir, aux pieds tors et grêles comme ceux des tables, est installé le vieux propriétaire de la maison lui-même. C'est un vieux petit monsieur excessivement bouffi, avec de gros yeux ronds et un vaste menton double. Sa tenue ressemble à celle des petits garçons, – et je n'ai pas besoin d'en dire davantage. Toute la différence est que sa pipe est quelque peu plus grosse que les leurs, et qu'il peut faire plus de fumée. Comme eux, il a une montre, mais il porte sa montre dans sa poche. Pour dire la vérité, il a quelque chose de plus important à faire qu'une montre à surveiller, – et, ce que c'est, je vais l'expliquer. Il est assis, la jambe droite sur le genou gauche, la physionomie grave, et tient toujours au moins un de ses yeux résolument braqué sur un certain objet fort intéressant au centre de la plaine.

Cet objet est situé dans le clocher de la

Maison-de-Ville. Les membres du conseil sont tous hommes très petits, très ronds, très adipeux, très intelligents, avec des yeux gros comme des saucières et de vastes mentons doubles, et ils ont des habits beaucoup plus longs et des boucles de souliers beaucoup plus grosses que les vulgaires habitants de Vondervotteimittiss. Depuis que j'habite le bourg, ils ont tenu plusieurs séances extraordinaires, et ont adopté ces trois importantes décisions :

I

C'est un crime de changer le bon vieux train des choses.

II

Il n'existe rien de tolérable en dehors de Vondervotteimittiss.

III

Nous jurons fidélité éternelle à nos horloges et à nos choux.

Au-dessus de la chambre des séances est le clocher, et dans le clocher ou beffroi est et a été de temps immémorial l'orgueil et la merveille du village, la grande horloge du bourg de Vondervotteimittiss. Et c'est là l'objet vers lequel sont tournés les yeux des vieux messieurs qui sont assis dans les fauteuils à fond de cuir.

La grande horloge a sept cadrans, – un sur chacun des sept pans du clocher, – de sorte qu'on peut l'apercevoir aisément de tous les quartiers. Les cadrans sont vastes et blancs, les aiguilles lourdes et noires. Au beffroi est attaché un homme dont l'unique fonction est d'en avoir soin ; mais cette fonction est la plus parfaite des sinécures, car, de mémoire d'homme, l'horloge de Vondervotteimittiss n'avait jamais réclamé son secours. Jusqu'à ces derniers jours, la simple supposition d'une pareille chose était considérée comme une hérésie. Depuis l'époque la plus ancienne dont fassent mention les archives, les heures avaient été régulièrement sonnées par la grosse cloche. Et, en vérité, il en était de même pour toutes les autres horloges et montres du bourg. Jamais il n'y eut pareil endroit pour bien marquer l'heure, et en mesure. Quand le gros battant jugeait le moment venu de dire : Midi ! tous les obéissants serviteurs ouvraient simultanément leurs gosiers et répondaient comme un même écho. Bref, les bons bourgeois raffolaient de leur choucroute, mais ils étaient fiers de leurs horloges.

Tous les gens qui tiennent des sinécures sont tenus en plus ou moins grande vénération ; et, comme l'homme du beffroi de Vondervotteimittiss a la plus parfaite des sinécures, il est le plus parfaitement respecté de tous les mortels. Il est le principal dignitaire du bourg, et les cochons eux-mêmes le considèrent avec un sentiment de révérence. La queue de son habit et beaucoup plus longue, sa pipe, ses boucles de souliers, ses yeux et son estomac sont beaucoup plus gros que ceux d'aucun autre vieux monsieur du village ; et, quant à son menton, il n'est pas seulement double, il est triple.

J'ai peint l'état heureux de Vondervotteimittiss ; hélas ! quelle grande pitié qu'un si ravissant tableau fût condamné à subir un jour un cruel changement !

C'est depuis bien longtemps, un dicton accrédité parmi les plus sages habitants, que *rien de bon ne peut venir d'au-delà des collines*, et vraiment il faut croire que ces mots contenaient en eux quelque chose de prophétique. Il était midi moins cinq, avant-hier, quand apparut un objet d'un aspect bizarre au sommet de la crête, du côté de l'est. Un tel événement devait attirer l'attention universelle, et chaque vieux petit monsieur assis dans son fauteuil à fond de cuir tourna l'un de ses yeux, avec l'ébahissement de l'effroi, sur le phénomène, gardant toujours l'autre œil fixé sur l'horloge du clocher.

Il était midi moins trois minutes, quand on s'aperçut que le singulier objet en question était un jeune homme tout petit, et qui avait l'air étranger. Il descendait la colline avec une très grande rapidité, de sorte que chacun pût bientôt le voir tout à son aise. C'était bien le plus précieux petit personnage qui se fût jamais fait voir dans Vondervotteimittiss. Il avait la face d'un noir de tabac, un long nez crochu, des yeux comme des pois, une grande bouche et une magnifique rangée de dents qu'il semblait jaloux de montrer en ricanant d'une oreille à l'autre. Ajoutez à cela des favoris et des moustaches, il n'y avait, je crois, plus rien à voir de sa figure. Il avait la tête nue, et sa chevelure avait été soigneusement arrangée avec des papillotes. Sa toilette se composait d'un habit noir collant terminé en queue d'hirondelle, laissant pendiller par l'une de ses poches un long bout de mouchoir blanc, de culottes de casimir noir, de bas noirs, et d'escarpins qui ressemblaient à des moitiés de souliers, avec d'énormes bouffettes de ruban de satin noir pour cordons. Sous l'un de ses bras, il portait un vaste claque, et sous l'autre, un violon presque cinq fois gros comme lui. Dans sa main gauche était une tabatière en or, où il puisait incessamment du tabac de l'air le plus glorieux du monde, pendant qu'il cabriolait en descendant la colline, et dessinait toutes sortes de pas fantastiques. Bonté divine ! c'était là un spectacle pour les honnêtes bourgeois de Vondervotteimittiss !

Pour parler nettement, le gredin avait, en dépit de son ricanement, un audacieux et sinistre caractère dans la physionomie ; et, pendant qu'il galopait tout droit vers le village, l'aspect bizarrement tronqué de ses escarpins suffit pour éveiller maints soupçons ; et plus d'un bourgeois qui le contempla ce jour-là aurait donné quelque chose pour jeter un coup d'œil sous le mouchoir de batiste blanche qui pendait d'une façon si irritante de la poche de son habit à queue d'hirondelle. Mais ce qui occasionna principalement une juste indignation fut que ce misérable freluquet, tout en brodant tantôt un fandango, tantôt une pirouette, n'était nullement *réglé*

dans sa danse, et ne possédait pas la plus vague notion de ce qu'on appelle aller en mesure[1].

Cependant, le bon peuple du bourg n'avait pas encore eu le temps d'ouvrir ses yeux tout grands, quand, juste une demi-minute avant midi, le gueux s'élança, comme je vous le dis, droit au milieu de ces braves gens, fit ici un chassé, là un balancé ; puis, après une pirouette et un pas de zéphyr, partit comme à pigeon vole vers le beffroi de la Maison-de-Ville, où le gardien de l'horloge stupéfait fumait dans une attitude de dignité et d'effroi. Mais le petit garnement l'empoigna tout d'abord par le nez, le lui secoua et le lui tira, lui flanqua son gros claque sur la tête, le lui

---

[1]. La même expression signifie être à l'heure et aller en mesure. Il n'y a donc qu'un mot, et ce mot explique l'indignation de Vondervotteimittiss, pays où l'on est toujours à l'heure. (Note de Charles Baudelaire.)

enfonça par-dessus les yeux et la bouche ; puis, levant son gros violon, le battit avec, si longtemps et si vigoureusement que – vu que le gardien était si ballonné, et le violon si vaste et si creux –, vous auriez juré que tout un régiment de grosses caisses battait le rantanplan du diable dans le beffroi du clocher de Vondervotteimittiss.

On ne sait pas à quel acte désespéré de vengeance cette attaque révoltante aurait pu pousser les habitants, n'était ce fait très important qu'il manquait une demi-seconde pour qu'il fût midi. La cloche allait sonner, et c'était une affaire d'absolue et supérieure nécessité que chacun eût l'œil à sa montre. Il était évident toutefois que, juste en ce moment, le gaillard fourré dans le clocher en avait à la cloche, et se mêlait de ce qui ne le regardait pas. Mais, comme elle commençait à sonner, personne n'avait le temps de surveiller les manœuvres du traître, car chacun était tout oreilles pour compter les coups.

« Un ! dit la cloche.

— Hine ! répliqua chaque vieux petit monsieur de Vondervotteimittiss dans chaque fauteuil à fond de cuir. — Hine ! dit sa montre ; — hine ! dit la montre de sa *phâme*, et — Hine ! dirent les montres des garçons et les petits joujoux dorés pendus aux queues du chat et du cochon.

— Deux ! continua la grosse cloche ; et

— Teusse ! répétèrent tous les échos mécaniques.

— Trois ! quatre ! cinq ! six ! sept ! huit ! neuf ! dix ! dit la cloche.

— Droite ! gâdre ! zingue ! zisse ! zedde ! vitte ! neff ! tisse ! répondirent les autres.

— Onze ! dit la grosse.

— Honsse ! approuva tout le petit personnel de l'horlogerie inférieure.

— Douze ! dit la cloche.

— Tousse ! répondirent-ils, tous parfaitement édifiés et laissant tomber leurs voix en cadence.

— Et il aître miti, tonc ! dirent tous les vieux petits messieurs, rempochant leurs montres. Mais la grosse cloche n'en avait pas encore fini avec eux.

— TREIZE ! dit-elle.

— Tarteifle, anhélèrent tous les vieux petits messieurs, devenant pâles et laissant tomber leurs pipes de leurs bouches et leurs jambes droites de dessus leurs genoux gauches.

— Tarteifle ! gémirent-ils. Draisse ! draisse ! Mein Gott, il aître draisse heires ! ! ! »

Dois-je essayer de décrire la terrible scène qui s'ensuivit ? Tout Vondervotteimittiss éclata d'un seul coup en un lamentable tumulte.

« Qu'arrife-d-il tonc à mon phandre ? glapirent tous les petits garçons, ch'ai vaim tébouis hine heire.

— Qu'arrife-d-il tonc à mes joux ? crièrent toutes les *phâmes* ; ils toiffent aître en pouillie tébouis hine heire !

— Qu'arrife-d-il tonc à mon bibe ? jurèrent tous les vieux petits messieurs, donnerre et églairs, il toit aître édeint tébouis hine heire ! »

Et ils rebourrèrent leurs pipes en grande rage, et, s'enfonçant dans leurs fauteuils, ils soufflèrent si vite et si férocement, que toute la vallée fut immédiatement encombrée d'un impénétrable nuage.

Cependant, les choux tournaient tous au rouge pourpre, et il semblait que le vieux Diable lui-même avait pris possession de tout ce qui avait forme d'horloge. Les pendules sculptées sur les meubles se prenaient à danser comme si elles étaient ensorcelées, pendant que celles qui étaient sur le cheminées pouvaient à peine se contenir dans leur fureur, et s'acharnaient dans une si opiniâtre sonnerie de « Draisse ! Draisse ! Draisse ! » et dans un tel trémoussement et remuement de leurs balanciers ; que c'était réellement épouvantable à voir. Mais , – pire que tout , – les chats et les cochons ne pouvaient plus endurer l'inconduite des petites montres à répétition attachées à leurs queues, et ils le faisaient bien voir en détalant tous vers la place, égratignant et farfouillant, criant et hurlant, – affreux sabbat de miaulements et de grognements ! – et s'élançant à la figure des gens, et se fourrant sous les cotillons, et créant le plus épouvantable charivari et la plus hideuse confusion qu'il soit possible à une personne raisonnable d'imaginer. Et le misérable petit vaurien installé dans le clocher faisait évidemment tout son possible pour rendre les choses encore plus navrantes. On a pu de temps à autre apercevoir le scélérat à travers la fumée. Il était toujours là, dans le beffroi, assis sur l'homme du beffroi, qui gisait à plat sur le dos. Dans ses dents, l'infâme tenait la corde de la cloche, qu'il secouait incessamment, de droite et de gauche avec sa tête, faisant un tel vacarme que mes oreilles en tintent encore, rien que d'y penser. Sur ses genoux reposait l'énorme violon qu'il raclait sans accord ni mesure, avec les deux mains, faisant affreusement semblant – l'infâme paillasse ! – de jouer l'air de Judy O'Flannagan et Paddy O'Rafferty !

Les affaires étant dans ce misérable état, de dégoût je quittai la place, et maintenant je fais un appel à tous les amants de l'heure exacte et de la fine choucroute. Marchons en masse sur le bourg, et restaurons l'ancien ordre de choses à Vondervotteimittiss en précipitant ce petit drôle du clocher.

La Barrique d'amontillado

J'avais supporté du mieux que j'avais pu les mille injustices de Fortunato ; mais, quand il en vint à l'insulte, je jurai de me venger. Vous cependant, qui connaissez bien la nature de mon âme, vous ne supposerez pas que j'aie articulé une seule menace. A la longue, je devais être vengé ; c'était un point définitivement arrêté ; mais la perfection même de ma résolution excluait toute idée de péril. Je devais non seulement punir, mais punir impunément. Une injure n'est pas redressée quand le châtiment atteint le redresseur ; elle n'est pas non plus redressée quand le vengeur n'a pas soin de se faire connaître à celui qui a commis l'injure.

Il faut qu'on sache que je n'avais donné à Fortunato aucune raison de douter de ma bienveillance, ni par mes paroles, ni par mes actions. Je continuai, selon mon habitude, à lui sourire en face, et il ne devinait pas que mon sourire désormais ne traduisait que la pensée de son immolation.

Il avait un côté faible ce Fortunato, bien qu'il fût à tous autres égards un homme à respecter, et même à craindre. Il se faisait gloire d'être connaisseur en vins. Peu d'Italiens ont le véritable esprit de connaisseur, leur enthousiasme est la plupart du temps emprunté, accommodé au temps et à l'occasion ; c'est un charlatanisme pour agir sur les millionnaires anglais et autrichiens. En fait de peintures et de pierres précieuses, Fortunato, comme ses compatriotes, était un charlatan ; mais en matière de vieux vins, il était sincère. A cet égard, je ne différais pas essentiellement de lui ; j'étais moi-même très entendu dans les crus italiens, et j'en achetais considérablement toutes les fois que je le pouvais.

Un soir, à la brune, au fort de la folie du carnaval, je rencontrai mon ami. Il m'accosta avec une très chaude cordialité, car il avait beaucoup bu. Mon homme était déguisé. Il portait un vêtement collant et mi-parti, et sa tête était surmontée d'un bonnet conique avec des sonnettes. J'étais si heureux de le voir, que je crus que je ne finirais jamais de lui pétrir la main. Je lui dis :

« Mon cher Fortunato, je vous rencontre

à propos. Quelle excellente mine vous avez aujourd'hui ! Mais j'ai reçu une pipe d'amontillado, ou du moins du vin qu'on me donne pour tel, et j'ai des doutes.

— Comment, dit-il, de l'amontillado ? Une pipe ? Pas possible ! Et au milieu du carnaval !

— J'ai des doutes, répliquai-je, et j'ai été assez bête pour payer le prix total de l'amontillado sans vous consulter. On n'a pas pu vous trouver, et je tremblais de manquer une occasion.

— De l'amontillado !

— J'ai des doutes.

— De l'amontillado !

— Et je veux les tirer au clair.

— De l'amontillado !

— Puisque vous êtes invité quelque part, je vais chercher Luchesi. Si quelqu'un a le sens critique, c'est lui. Il me dira...

— Luchesi est incapable de distinguer l'amontillado du xérès.

— Et cependant, il y a des imbéciles qui tiennent que son goût est égal au vôtre.

— Venez, allons !

— Où ?

— A vos caves.

— Mon ami, non ; je ne veux pas abuser de votre bonté. Je vois que vous êtes invité. Luchesi...

— Je ne suis pas invité ; partons !

— Mon ami, non. Ce n'est pas la question de l'invitation, mais c'est le cruel froid dont je m'aperçois que vous souffrez. Les caves sont insupportablement humides ; elles sont tapissées de nitre.

— N'importe, allons ! Le froid n'est absolument rien. De l'amontillado ! On vous en a imposé. Et, quand à Luchesi, il est incapable de distinguer le xérès de l'amontillado. »

En parlant ainsi, Fortunato s'empara de mon bras. Je mis un masque de soie noire, et, m'enveloppant soigneusement d'un manteau, je me laissai traîner par lui jusqu'à mon palais.

Il n'y avait pas de domestiques à la maison ; ils s'étaient cachés pour faire ripaille en l'honneur de la saison. Je leur avais dit que je ne rentrerais pas avant le matin, et je leur avais donné l'ordre formel de ne pas bouger de la maison. Cet ordre suffisait, je le savais bien, pour qu'ils décampassent en toute hâte, tous, jusqu'au dernier, aussitôt que j'aurais tourné le dos.

Je pris deux flambeaux à la glace, j'en donnai un à Fortunato, et je le dirigeai complaisamment, à travers une enfilade de pièces, jusqu'au vestibule qui conduisait aux caves. Je descendis devant lui un long et tortueux escalier, me retournant et lui recommandant de prendre bien garde. Nous atteignîmes enfin les derniers degrés, et nous nous trouvâmes ensemble sur le sol humide des catacombes des Montrésors.

La démarche de mon ami était chancelante, et les clochettes de son bonnet cliquetaient à chacune de ses enjambées.

« La pipe d'amontillado ? dit-il.

— C'est plus loin, dis-je ; mais observez cette broderie blanche qui étincelle sur les murs de ce caveau. »

Il se retourna vers moi et me regarda dans les yeux avec deux globes vitreux qui distillaient les larmes de l'ivresse.

« Le nitre ? demanda-t-il à la fin.

— Le nitre, répliquai-je. Depuis combien de temps avez-vous attrapé cette toux ?

— Euh ! euh ! euh euh ! euh ! euh ! euh ! euh ! euh ! euh ! ! ! »

Il fut impossible à mon pauvre ami de répondre avant quelques minutes.

« Ce n'est rien, dit-il enfin.

— Venez, dis-je avec fermeté, allons-nous-en ; votre santé est précieuse. Vous êtes riche, respecté, admiré, aimé ; vous êtes heureux, comme je le fus autrefois ; vous êtes un homme qui laisserait un vide. Pour moi, ce n'est pas la même chose. Allons-nous en ; vous vous rendrez malade. D'ailleurs, il y a Luchesi...

— Assez, dit-il ; la toux, ce n'est rien. Cela ne me tuera pas. Je ne mourrai pas d'un rhume.

— C'est vrai, c'est vrai, répliquai-je, et, en vérité, je n'avais pas l'intention de vous alarmer inutilement ; mais vous devriez prendre des précautions. Un coup de ce médoc vous défendra contre l'humidité. »

Ici, j'enlevai une bouteille à une longue

rangée de ses compagnes qui étaient couchées par terre, et je fis sauter le goulot.

« Buvez », dis-je, en lui présentant le vin.

Il porta la bouteille à ses lèvres, en me regardant du coin de l'œil. Il fit une pause, me salua familièrement (les grelots sonnèrent) et dit :

« Je bois aux défunts qui reposent autour de nous !

— Et moi, à votre longue vie ! »

Il reprit mon bras, et nous nous remîmes en route.

« Ces caveaux, dit-il, sont très vastes.

— Les Montrésors, répliquai-je, étaient une grande et nombreuse famille.

— J'ai oublié vos armes.

— Un grand pied d'or sur champ d'azur ; le pied écrase un serpent rampant dont les dents s'enfoncent dans le talon.

— Et la devise ?

— *Nemo me impune lacessit.*

— Fort beau ! » dit-il.

Le vin étincelait dans ses yeux, et les sonnettes tintaient. Le médoc m'avait aussi échauffé les idées. Nous étions arrivés, à travers des murailles d'ossements empilés, entremêlés de barriques et de pièces de vin, aux dernières profondeurs des catacombes. Je m'arrêtai de nouveau, et, cette fois, je pris la liberté de saisir Fortunato par un bras, au-dessus du coude.

« Le nitre ! dis-je ; voyez, cela augmente. Il pend comme de la mousse le long des voûtes. Nous sommes sous le lit de la rivière. Les gouttes d'humidité filtrent à travers les ossements. Venez, partons, avant qu'il soit trop tard. Votre toux...

— Ce n'est rien, dit-il, continuons. Mais, d'abord, encore un coup de ce médoc. »

Je cassai un flacon de vin de Grave, et je

le lui tendis. Il le vida d'un trait. Ses yeux brillèrent d'un feu ardent. Il se mit à rire, et jeta la bouteille en l'air avec un geste que je ne pus pas comprendre.

Je le regardai avec surprise. Il répéta le mouvement, un mouvement grotesque.

« Vous ne comprenez pas ? dit-il.

— Non, répliquai-je.

— Alors, vous n'êtes pas de la loge ?

— Comment ?

— Vous n'êtes pas maçon ?

— Si ! si ! dis-je, si ! si !

— Vous ? impossible ! vous maçon ?

— Oui, maçon, répondis-je.

— Un signe ! dit-il.

— Voici », répliquai-je en tirant une truelle de dessous les plis de mon manteau.

« Vous voulez rire, s'écria-t-il, en reculant de quelques pas. Mais allons à l'amontillado.

— Soit », dis-je en replaçant l'outil sous ma roquelaure et lui offrant de nouveau mon bras.

Il s'appuya lourdement dessus. Nous continuâmes notre route à la recherche de l'amontillado. Nous passâmes sous une rangée d'arceaux fort bas ; nous descendîmes, nous fîmes quelques pas, et, descendant encore, nous arrivâmes à une crypte profonde, où l'impureté de l'air faisait rougir plutôt que briller nos flambeaux.

Tout au fond de cette crypte, on en découvrait une autre moins spacieuse. Ses murs avaient été revêtus avec les débris humains empilés dans les caves au-dessus de nous, à la manière des grandes catacombes de Paris. Trois côtés de cette seconde crypte étaient encore décorés de cette façon. Du quatrième, les os avaient été arrachés et gisaient confusément sur le sol, formant en un point un rempart d'une certaine hauteur. Dans le mur, ainsi mis à nu par le déplacement des os, nous apercevions encore une autre niche, profonde de quatre pieds environ, large de trois, haute de six ou sept. Elle ne semblait pas avoir été construite pour un usage spécial, mais formait simplement l'intervalle entre deux des piliers énormes qui supportaient la voûte des catacombes, et s'appuyait à l'un des murs de granit massif qui délimitaient l'ensemble.

Ce fut en vain que Fortunato, élevant sa torche malade, s'efforça de scruter la profondeur de la niche. La lumière affaiblie ne nous permettait pas d'en apercevoir l'extrémité.

« Avancez, dis-je, c'est là qu'est l'amontillado. Quant à Luchesi...

— C'est un être ignare ! » interrompit mon ami, prenant les devants et marchant tout de travers, pendant que je suivais sur ses talons.

En un instant, il avait atteint l'extrémité de la niche, et, trouvant sa marche arrêtée par le roc, il s'arrêta, stupidement ébahi. Un moment après, je l'avais enchaîné au granit. Sur la paroi il y avait deux crampons de fer, à la distance d'environ deux pieds l'un de l'autre dans le sens horizontal. A l'un des deux était suspendue une courte chaîne, à l'autre un cadenas. Ayant jeté la chaîne autour de sa taille, l'assujettir fut une besogne de quelques secondes. Il était trop étonné pour résister. Je retirai la clef, et reculai de quelques pas hors de la niche.

« Passez votre main sur le mur, dis-je ; vous ne pouvez pas ne pas sentir le nitre. Vraiment, il est très humide. Laissez-moi vous supplier une fois encore de vous en aller. Non ? Alors, il faut positivement que je vous quitte. Mais je vous rendrai d'abord tous les petits soins qui sont en mon pouvoir.

— L'amontillado ! s'écria mon ami, qui n'était pas encore revenu de son étonnement.

— C'est vrai, répliquai-je, l'amontillado. »

Tout en prononçant ces mots, j'attaquais la pile d'ossements dont j'ai déjà parlé. Je les jetai de côté, et je découvris bientôt une bonne quantité de moellons et de mortier. Avec ces matériaux et à l'aide ma truelle, je commençai activement à murer l'entrée de la niche.

J'avais à peine établi la première assise de ma maçonnerie, que je découvris que l'ivresse de Fortunato était en grande partie dissipée. Le premier indice que j'en eus fut un cri sourd, un gémissement, qui sortit du fond de la niche. *Ce n'était pas le cri d'un homme ivre !* Puis il y eut un long et obstiné silence. Je posai la seconde rangée, puis la troisième, puis la quatrième ; et alors j'entendis les furieuses vibrations de la chaîne.

Le bruit dura quelques minutes, pendant lesquelles, pour m'en délecter plus à l'aise, j'interrompis ma besogne et m'accroupis sur les ossements. A la fin, quand le tapage s'apaisa, je repris ma truelle et j'achevai sans interruption la cinquième, la sixième et la septième rangée. Le mur était alors presque à la hauteur de ma poitrine. Je fis une nouvelle pause, et, élevant les flambeaux au-dessus de la maçonnerie, je jetai quelques faibles rayons sur le personnage inclus.

Une suite de grands cris, de cris aigus, fit soudainement explosion du gosier de la figure enchaînée, et me rejeta pour ainsi dire violemment en arrière. Pendant un instant, j'hésitai, je tremblai. Je tirai mon épée, et je commençai à fourrager à travers la niche ; mais un instant de réflexion suffit à me tranquilliser. Je posai la main sur la maçonnerie massive du caveau, et je fus tout à fait rassuré. Je me rapprochai du mur. Je répondis aux hurlements de mon homme. Je leur fis écho et accompagnement, je les surpassai en volume et en force. Voilà comme je fis, et le braillard se tint tranquille.

Il était alors minuit, et ma tâche tirait à sa fin. J'avais complété ma huitième, ma neuvième et ma dixième rangée. J'avais achevé une partie de la onzième et dernière ; il ne restait plus qu'une seule pierre à ajuster et à plâtrer. Je la remuai avec effort ; je la plaçai à peu près dans la position voulue. Mais alors s'échappa de la niche un rire étouffé qui me fit dresser les cheveux sur la tête. A ce rire succéda une voix triste que je reconnus difficilement pour celle du noble Fortunato. La voix disait :

« Ha ! ha ! ha ! Hé ! hé ! Une très bonne plaisanterie, en vérité ! une excellente farce !

Nous en rirons de bon cœur au palais, hé ! hé ! de notre bon vin ! hé ! hé ! hé !

— De l'amontillado ? dis-je.

— Hé ! hé ! hé ! hé ! oui, de l'amontillado. Mais ne se fait-il pas tard ? Ne nous attendront-ils pas au palais, la signora Fortunato et les autres ? Allons-nous-en.

— Oui, dis-je, allons-nous-en.

— *Pour l'amour de Dieu, Montrésor !*

— Oui, dis-je, pour l'amour de Dieu ! »

Mais à ces mots point de réponse ; je tendis l'oreille en vain. Je m'impatientai. J'appelai très haut :

« Fortunato ! »

Pas de réponse. J'appelai de nouveau :

« Fortunato ! »

Rien. J'introduisis une torche à travers l'ouverture qui restait et la laissai tomber en dedans. Je ne reçus en manière de réplique qu'un cliquetis de sonnettes. Je me sentis mal

au cœur, sans doute par suite de l'humidité des catacombes. Je me hâtai de mettre fin à ma besogne. Je fis un effort, et j'ajustai la dernière pierre ; je la recouvris de mortier. Contre la nouvelle maçonnerie je rétablis l'ancien rempart d'ossements. Depuis un demi-siècle aucun mortel ne les a dérangés. *In pace requiescat !*

Le Portrait ovale

Le château dans lequel mon domestique s'était avisé de pénétrer de force, plutôt que de me permettre, déplorablement blessé comme je l'étais, de passer une nuit en plein air, était un de ces bâtiments, mélange de grandeur et de mélancolie, qui ont si longtemps dressé leurs fronts sourcilleux au milieu des Apennins, aussi bien dans la réalité que dans l'imagination de Mistress Radcliffe. Selon toute apparence, il avait été temporairement et tout récemment abandonné. Nous nous installâmes dans une des chambres les plus petites et les moins somptueusement meublées. Elle était située dans une tour écartée du bâtiment. Sa décoration était riche, mais antique et délabrée. Les murs étaient tendus de tapisseries et décorés de nombreux trophées héraldiques de toute forme, ainsi que d'une quantité vraiment prodigieuse de peintures modernes, pleines de style, dans de riches cadres d'or d'un goût arabesque. Je pris un profond intérêt, – ce fut peut-être mon délire qui commençait qui en fut cause –, je pris un profond intérêt à ces peintures qui étaient suspendues non seulement sur les faces principales des murs, mais aussi dans une foule de recoins que la bizarre architecture du château rendait inévitables ; si bien que j'ordonnai à Pedro de fermer les lourds volets de la

chambre, – puisqu'il faisait déjà nuit –, d'allumer un grand candélabre à plusieurs branches placé près de mon chevet, et d'ouvrir tout grands les rideaux de velours noirs garnis de crépines qui entouraient le lit. Je désirais que cela fût ainsi, pour que je pusse au moins, si je ne pouvais pas dormir, me consoler alternativement par la contemplation de ces peintures et par la lecture d'un petit volume que j'avais trouvé sur l'oreiller et qui en contenait l'appréciation et l'analyse.

Je lus longtemps, longtemps ; je contemplai religieusement, dévotement ; les heures s'envolèrent, rapides et glo-rieuses, et le profond minuit arriva. La position du candélabre me déplaisait, et, étendant la main avec difficulté pour ne pas déranger mon valet assoupi, je plaçai l'objet de manière à jeter les rayons en plein sur le livre.

Mais l'action produisit un effet absolument inattendu. Les rayons des nombreuses bougies (car il y en avait beaucoup) tombèrent alors sur une niche de la chambre que l'une des colonnes du lit avait jusque-là couverte d'une ombre profonde. J'aperçus dans une vive lumière une peinture qui m'avait d'abord échappé. C'était le portrait d'une jeune fille déjà mûrissante et presque femme. Je jetai sur la peinture un coup d'œil rapide, et je fermai les yeux. Pourquoi ? Je ne le compris pas bien moi-même tout d'abord. Mais pendant que mes paupières restaient closes, j'analysai rapidement la raison qui me les faisait fermer ainsi. C'était un mouvement involontaire pour gagner du temps et pour penser, pour m'assurer que ma vue ne m'avait pas trompé, pour calmer et préparer mon esprit à une contemplation plus froide et plus sûre. Au bout de quelques instants, je regardai de nouveau la peinture fixement.

Je ne pouvais pas douter, quand même je l'aurais voulu, que je n'y visse alors très nettement ; car le premier éclair du flambeau sur cette toile avait dissipé la stupeur rêveuse dont mes sens étaient possédés, et m'avait rappelé tout d'un coup à la vie réelle.

Le portrait, je l'ai déjà dit, était celui d'une jeune fille. C'était une simple tête, avec des épaules, le tout dans ce style, qu'on appelle en langage technique, style de *vignette*, beaucoup de la manière de Sully dans ses têtes de prédilection. Les bras, le sein, et même les bouts des cheveux rayonnants, se fondaient insaisissablement dans l'ombre vague mais profonde qui servait de fond à l'ensemble. Le cadre était ovale, magnifiquement doré et guilloché dans le goût moresque. Comme œuvre d'art, on ne pouvait rien trouver de

plus admirable que la peinture elle-même. Mais il se peut bien que ce ne fût ni l'exécution de l'œuvre, ni l'immortelle beauté de la physionomie, qui m'impressionna si soudainement et si fortement. Encore moins devais-je croire que mon imagination, sortant d'un demi-sommeil, eût pris la tête pour celle d'une personne vivante. Je vis tout d'abord que les détails du dessin, le style de vignette, et l'aspect du cadre auraient immédiatement dissipé un pareil charme, et m'auraient préservé de toute illusion même momentanée. Tout en faisant ces réflexions, et très vivement, je restai, à demi étendu, à demi assis, une heure entière peut-être, les yeux rivés à ce portrait. A la longue, ayant découvert le vrai secret de son effet, je me laissai retomber sur le lit. J'avais deviné que le charme de la peinture était une expression vitale absolument adéquate à la vie elle-même, qui d'abord m'avait fait tressaillir, et finalement m'avait confondu, subjugué, épouvanté. Avec une terreur profonde et respectueuse, je replaçai le candélabre dans sa position première. Ayant ainsi dérobé à ma vue la cause de ma profonde agitation, je cherchai vivement le volume qui contenait l'analyse des tableaux et leur histoire. Allant droit au numéro qui désignait le portrait ovale, j'y lus le vague et singulier récit qui suit :

« C'était une jeune fille d'une très rare beauté, et qui n'était pas moins aimable que pleine de gaieté. Et maudite fut l'heure où elle vit, et aima, et épousa le peintre. Lui, passionné, studieux, austère, et ayant déjà trouvé une épouse dans son Art ; elle, une jeune fille d'une très rare beauté, et non moins aimable que pleine de gaieté ; rien que lumières et sourires, et la folâtrerie d'un jeune faon ; aimant et chérissant toutes choses ; ne haïssant que l'Art qui était son rival ; ne redoutant que la palette et les brosses, et les autres instruments fâcheux qui la privaient de la figure de son adoré. Ce fut une terrible chose pour cette dame que d'entendre le peintre parler du désir de peindre même sa jeune épouse. Mais elle était humble et obéissante, et elle s'assit avec douceur pendant de longues semaines dans la sombre et haute chambre de la tour, où la lumière filtrait sur la pâle toile seulement par le plafond. Mais lui, le peintre, mettait sa gloire dans son œuvre, qui avançait d'heure en heure et de jour en jour. Et c'était un homme passionné, et étrange, et pensif, qui se perdait en rêveries ; si bien qu'il ne voulait pas voir que la lumière qui tombait si lugubrement dans cette tour isolée desséchait la santé et les esprits de sa femme, qui languissait visiblement pour

tout le monde, excepté pour lui. Cependant, elle souriait toujours, et toujours sans se plaindre, parce qu'elle voyait que le peintre (qui avait un grand renom) prenait un plaisir vif et brûlant dans sa tâche, et travaillait nuit et jour pour peindre celle qui l'aimait si fort, mais qui devenait de jour en jour plus languissante et plus faible. Et, en vérité, ceux qui contemplaient le portrait parlaient à voix basse de sa ressemblance, comme d'une puissante merveille et comme d'une preuve non moins grande de la puissance du peintre que de son profond amour pour celle qu'il peignait si miraculeusement bien. Mais, à la longue, comme la besogne approchait de sa fin, personne ne fut plus admis dans la tour ; car le peintre était devenu fou par l'ardeur de son travail, et il détournait rarement ses yeux de la toile, même pour regarder la figure de sa femme. Et il ne *voulait* pas voir que les couleurs qu'il étalait sur la toile étaient *tirées* des joues de celle qui était assise près de lui. Et quand bien des semaines furent passées et qu'il ne restait plus que peu de chose à faire, rien qu'une touche sur la bouche et un glacis sur l'œil, l'esprit de la dame palpita encore comme la flamme dans le bec d'une lampe. Et alors la touche fut donnée, et alors le glacis fut placé ; et pendant un moment le peintre se tint en extase devant le travail qu'il avait travaillé ; mais une minute après, comme il contemplait encore, il trembla et il devint très pâle, et il fut frappé d'effroi ; et criant d'une voix éclatante : « En vérité, c'est la *Vie* elle-même ! » il se retourna brusquement pour regarder sa bien-aimée : elle était morte ! »

TABLE

Le Scarabée d'or	5
Le Diable dans le beffroi	123
La Barrique d'amontillado	153
Le Portrait ovale	175

Conception graphique de la couverture :
Atelier JMLF

Illustration de couverture :
Louis Constantin

Illustrations intérieures :
Véronique Ageorges

ISBN 2.01.391948.4
Dépôt légal n°9209, mai 1994
Imprimé en Italie par Canale.
Loi n°49 - 956 du 16 juillet 1949
sur les publications destinées à la jeunesse.